GOLDMANN
GROSSCHRIFT

Buch

Karl, ein vom Leben gezeichneter Mann, und Elia, eine heißblütige junge Schauspielerin, fahren zusammen nach Italien ans Meer. Sie sucht den Sandstrand und die Sinnlichkeit des Südens; er das Gefühl, das er früher in der Ferne hatte, und die Erinnerung an seine erste Liebe. Ihre Reise führt sie durch Dörfer und billige Kaschemmen, über bunte Märkte und staubige Straßen. Unterwegs entfaltet sich zwischen beiden eine ungewöhnliche und verletzliche Liebe, bis ihr gemeinsames Glück genauso plötzlich wieder zerbricht, wie es entstanden ist. Doch Karl hat für einen kurzen Augenblick wenigstens die andere Dimension jenseits der Welt und des Leids erlebt. Danach begreift er sein Leben anders, und aller Schmerz fällt von ihm ab.

Mit großer Einfühlsamkeit und Wärme schildert Janosch in diesem Roman die melancholische und wechselreiche Geschichte einer kurzen, wilden Liebe. »Eine klar und ohne jedes überflüssige Wort erzählte Geschichte; ein Buch, das zum Nachdenken anregt.« *(Esquire)*

Autor

Janosch wurde 1931 in dem heute polnischen Dorf Zaborze geboren, lernte das Schmiedehandwerk, verbrachte die fünfziger Jahre in Paris und München und lebt jetzt auf einer Insel im Meer.

1960 erschien sein erstes Kinderbuch und zehn Jahre später *Cholonek oder Der liebe Gott aus Lehm*, sein erster Roman, für den er drei Literaturpreise erhielt. Seine über 100 Bücher wurden in viele Sprachen übersetzt, seine Trickfilme mit zahllosen Preisen gekrönt. 1992 wurde er für sein Romanwerk mit dem Andreas-Gryphius-Preis ausgezeichnet.

Im Goldmann Verlag ist von Janosch außerdem erschienen:

Cholonek oder Der liebe Gott aus Lehm.
Roman. Gebunden (30443)
Polski Blues. Roman. Gebunden (30417)
Schäbels Frau. Roman. Gebunden (30442)
Sacharin im Salat. Roman (Goldmann-Taschenbuch 9385)

JANOSCH

Sandstrand

ROMAN

GOLDMANN VERLAG

Überarbeitete Neuausgabe

Umwelthinweis:
Alle bedruckten Materialien dieses Taschenbuches
sind chlorfrei und umweltfreundlich.

Der Goldmann Verlag
ist ein Unternehmen der Verlagsgruppe Bertelsmann

Made in Germany · 1. Auflage · 2/93

Umschlaggestaltung: Design Team München
Umschlagillustration: Janosch
Satz: IBV Satz- und Datentechnik GmbH, Berlin
Druck: Presse-Druck Augsburg
Verlagsnummer: 7274
G.R. · Herstellung: Stefan Hansen
ISBN 3-442-07274-3

Die Handlung und die Personen des Romans sind frei erfunden. Eine Ähnlichkeit mit lebenden Personen ist daher nicht möglich, auch nicht durch Zufall.

Janosch

Elia war zweiundzwanzig, und er war alt. Seit er die Schmerzen nicht mehr in der Gewalt hatte und sie ihn umzubringen versuchten, war er alt geworden.

Elia sagte zum zehnten Mal: »Wir könnten jetzt wirklich verreisen, Karl. Dieses Wetter hier, der ewige Regen macht mich verrückt. Nach Süden, wo die Sonne scheint, je heißer, um so besser, ich kann nur in der Hitze leben, laß uns doch endlich fahren, ja!«

Der alte Mann Karl wollte nicht. Er hatte Schmerzen im Leib, seine Kniescheiben waren nicht mehr in Ordnung, er hatte das Reisen aufgegeben, seit es so um ihn stand. Und mit Elia verreisen, wie das aussah, wußte er: Er hatte zu fahren, und sie machte sich mit ihren weiten Kleidern, Röcken, Tüchern, Fahnen breit auf dem Nebensitz, legte die Füße aufs Armaturenbrett, drehte das Radio auf volle Lautstärke, und wenn er zum Überholen ansetzte, fing sie an der brenzlichsten Stelle an zu kreischen: »Hrrrrrrr um Gottes willen, mach das nicht!«

Wäre sein Leben gewesen, wie fast jedes Leben ist, dann wäre seine Tochter, hätte er eine gehabt, jetzt älter als Elia. »Mach doch bitte das Schiebedach auf, Karl, ich muß braun werden!«

Wenn dann die Sonne durchs offene Dach ins Auto einfiel, lehnte Elia sich schräg auf den halb zurückgestellten Liegesitz und legte ihre nackten Füße fast aufs Lenkrad. Immer aber aufs Armaturenbrett. Das machte ihn wahnsinnig.

Nein. Und schon gar nicht mit Elia.

Seit er nicht mehr richtig gehen konnte und die Schmerzen ihn in die Erde zogen, zählte er das Reisen zu den Erfahrungen, die er voll ausgelebt hatte. Es kam ihm nicht mehr darauf an, *wo* er sich befand. Seit die Schmerzen ihn unbeweglich machten, vermied er möglichst alles, was ihn mit dieser Welt in Berührung brachte; er hatte sich sozusagen von seinem Leib zurückgezogen.

Er lebte in einer sehr kleinen Wohnung, in zwei Stuben oben unter dem Dach in einem alten Haus, das etwas höher war als die Häuser ringsum, und ein kleiner Balkon mit Glastür waren sein Platz, von dem aus er die Welt übersehen konnte. Seine Augen waren schmäler geworden, sei es, weil der Schmerz ihn quälte, sei es, weil er dort saß und in die Ferne sah, manchmal einen ganzen Tag lang sich nicht bewegte, um den Schmerz nicht zu wecken. In jeder Sekunde den Kosmos um sich wissen, nach oben, nach unten, nach allen Seiten Ewigkeit spüren, das war es.

»Und wohin sollen wir fahren?«

»Egal, Hauptsache Sonne, Sonne, und heiß muß es sein, am liebsten zum Krepieren heiß.«

»Und wie sollen wir fahren?«

»Mit deinem Auto, wie denn sonst.«

»Das ist nicht mehr zuverlässig.«

Um Diskussionen aus dem Weg zu gehen, deren Ausgang er schon vorher kannte, nämlich Verstimmung, log er manchmal.

»Dann fliegen wir halt.«

Was Fliegen mit Elia hieß, konnte er sich auch vorstellen. Wenn er einmal das Gesetz eines Menschen begriffen hatte, wußte er immer, wie dieser Mensch sich in jeder Situation verhalten würde. Sie würde die große Diva markieren. Jet-set, ganz groß aufdrehen, nur hatte *sie* kein Geld, und zwar keinen Pfennig.

»Ich habe kein Geld«, sagte Karl. »Jedenfalls nicht soviel.«

»Dann fahren wir halt mit dem Zug«, sagte sie, und damit hatte er nicht gerechnet.

Der alte Mann Karl war viel herumgereist – sehr erfreuliche, ertragreiche Reisen waren es gewesen, was die Erkenntnisse angeht, nur, mit der Eisenbahn zu reisen, hatte er sich abgewöhnt. Das hatte er vergessen, er hatte vielleicht seit Jahrzehnten in keinem Zug mehr gesessen. Der Geruch nach Eisen und beschifften Schottersteinen hatte ihn gestört, und dieses endlose Tackata-takkata-tackata der Räder, dem man ausgeliefert war, konnte er nicht ertragen. Alles, was einen auslieferte, war ihm unerträglich. Auf Schiffen sich befinden, von denen man nicht herunter konnte, wenn man wollte – Karl bestieg nur ungern ein Schiff, und wenn, dann nur wenn feststand, daß es nicht lange dauern würde.

»Warum willst du denn nicht mit dem Zug fahren? Das Reisen in südlichen Ländern kostet mit der Bahn fast nichts. Eine Fahrt von hier nach Rom kostet nicht einmal fünfzig Mark.«

»Ich hab' doch gar nicht gesagt, daß ich nicht will.«

Der alte Mann Karl kannte Elia vom Bahnhof. Er hatte jemanden zum Zug gebracht, da stand sie mit einem Koffer und lachte ihn an. Das sollte bedeuten, daß er ihr den Koffer tragen sollte. Um das zu erkennen, hatte er lange genug auf dieser Welt gelebt. Er reagierte nicht, denn das Kapitel Frauen war für ihn abgehakt. Ausgelebt, abgeschlossen, da war nichts mehr, was noch hätte kommen können. Der Schmerz war größer als die Lust.

Aber dann stand da ein Gepäckwagen, und er dachte: Ich schiebe ihr wenigstens den Wagen hin. »Da«, sagte er, »das geht leichter.«

»Oh, ganz, ganz herzlichen Dank«, sagte sie, stellte den Koffer auf den Gepäckwagen, schien sehr glücklich zu sein, rührte den Wagen aber nicht an, so daß Karl nicht anders konnte, er mußte ihn schieben.

Sie hatte eine tiefe Stimme, eine schöne Stimme, mit der sie raffiniert hätte singen können. Zarah Leander. Karl hatte in seiner Jugend für Zarah Leander geschwärmt, hatte sie als Junge geliebt und auch geweint, wenn sie so sang.

»Können Sie singen?«

»Nein, warum?«

»Es klingt so.«

»Nein, nein, leider nicht. Aber ich würde gerne.«

Sie war nicht nur eine Freude fürs Ohr, sie war auch eine Augenweide. Weiche, rotgefärbte

Haare, gekraust um den Kopf herum, und ein großer Mund mit weißen Zähnen. Sie roch nach orientalischem Parfüm. Diese billigen, süßlichen Parfüms, die es jetzt in den Indian-Shops gibt; die Hippies bevorzugen sie. Karls Mutter verwendete damals auch diese süßlichen und billigen Sorten, und er roch das sehr gern.

»Müssen Sie zum linken oder rechten Ausgang?«

»Egal«, sagte sie, »ich brauche nur ein Taxi.«

»Dann gehen wir links«, sagte Karl. Dort hatte er sein Auto stehen.

Sie nahm ihren Koffer. »Das war wirklich sehr freundlich von Ihnen.«

»Wo müssen Sie denn hin? Ist das weit?«

»Nein, paar Straßen weiter in die Sowiesostraße.«

»Fahr ich Sie hin.«

Das Mädchen zeigte eine so offene Freude, daß Karl aufhorchte. Denn er hatte seit Jahren niemanden mehr gesehen, der aus seiner Lethargie herauszubringen war. Der Überdruß, die Absicherung gegen fast jede Art materiellen Notstands hatte die Menschen hier freudlos gemacht.

»Oh, da freue ich mich aber echt«, sagte sie und lachte und stieg ins Auto.

Sie redete nicht im Auto. Das hatte er sehr gern. Denn von allem was geredet wird, sind achtundneunzig Prozent unnötig. Unnötiges Reden verwässert die Substanz.

Sie schaute aus dem Fenster und sah glücklich aus.

Ich bin ein alter Mann, dachte Karl, und für sie ein Greis. Vergiß es, bring sie nach Haus und Ende.

»Ich gebe Ihnen meine Telefonnummer«, sagte er vor dem Haus. Aus Gewohnheit, Höflichkeit. »Wenn Sie mich mal brauchen sollten.« Eine Phrase, denn wozu sollte sie ihn brauchen?

»Hier haben Sie meine, rufen Sie doch mal an, aber bestimmt, ja!« sagte sie, kritzelte auf eine Fahrkarte die Nummer, sagte, sie hieße Elia, und wenn jemand anders am Telefon sein sollte, solle er sich nichts denken und eine Nachricht hinterlassen.

Er steckte die Nummer ein, oben in die Jackentasche, glaubte schon jetzt zu wissen, daß er nicht anrufen würde.

An einem Sommernachmittag – der Schmerz im Leib war ausgeblieben, und solche Stunden waren für ihn höchstes Glück, dann liebte er die Welt mit einer solchen Leidenschaft, daß er hätte heulen können, weil er sie irgendwann würde verlassen müssen –, an so einem Sommernachmittag, die Sonne flimmerte, die Leute in der Stadt schienen alle nicht zu arbeiten, und er saß oben in seiner Stube, die Sonne schien schräg herein, da hätte er sich aufschwingen wollen und über das Land fliegen. Ein Vogel sein. Und da rief er sie an.

»O Gott, wie ich mich freue, daß Sie sich melden«, sagte sie, und das wieder so ehrlich und echt.

»Die Sonne scheint«, sagte Karl, »gehen wir wo hin?«

»Gern«, sagte sie und lachte, und er holte sie ab, und sie gingen in einen Biergarten, über dem ein seltener Frieden war. Die Leute saßen halb hingestreckt auf den Stühlen, selig vom Bier. Die Luft flirrte, Hunde lagen da oder spielten, und es roch nach gegrilltem Fleisch. Ein Tag, dachte der alte Karl, wie vom lieben Gott gemacht und geschenkt.

Sie aßen, redeten wenig, das Bier machte sie glücklich, und als die Sonne die Wipfel der Bäume erreichte, gingen sie.

»Was arbeiten Sie?« fragte Karl.

Sie sagte, sie sei Schauspielerin, aber ohne Engagement, man habe ihr schon lange nichts mehr angeboten. Sie hatte einen prallen, gesunden Leib, zwei kleine Brüstchen, war dem straffen Gang nach sinnlich wie ein Kosakenpferdchen.

Karl legte nicht den Arm um sie, dachte wieder daran, daß er alt war und sie eine Blume.

Es wurde nicht darüber geredet, sie gingen zu ihm nach Haus. Sie gingen hinauf, er zog sich aus, sie zog sich aus, und sie roch orientalisch. Warf ihre Tücher, Röcke, Fahnen, Blusen in die Ecke, verstreut, irgendwie, und sie kamen zusammen, als müsse es so sein.

Keine Frage, kein Zögern, kein Problem. Alles stimmte, alles paßte, als wäre es von Anfang nicht anders gewesen. Sie war so sinnlich, daß das eiserne Bett fast zu glühen anfing, das war ein weiches Sichergeben und ein Aufnehmen, wie eine Welle in die andere greift auf dem Meer. Möglicherweise, dachte der alte Karl, daß er ihr zeigen wollte, wie's früher gemacht wurde; denn zu jeder Zeit glauben die Männer, so wie sie's machen, hat es zuvor noch niemand gekonnt. Eine kleine Eitelkeit. Mag aber auch sein, daß er an gar nichts dachte und sich selbst vergaß. Der Schmerz im Leib war nicht da, die Knie waren beweglich, und er war wie ein Indianer, der in schönstem Kriegsschmuck seinen größten Sieg mit den Sinnen weg von dieser Erde tanzt, allein oder mit seinem ganzen Stamm, ein Glücksgefühl, das über Berge, Wälder und Seen sich erstreckte. Er stürzte sich kopfüber und furchtlos von einem Abgrund in den anderen, konnte nicht genug bekommen von jenem Sturzgefühl, das einen in heillose Angst stürzt, falls man es nicht beherrscht. Mit jedem Nerv seines Leibes, mit den Fingerspitzen und jeder Faser fing er ihre Regungen auf, fing sie sanft ab, brachte sie zum Schwingen, stieß sie auch hart zurück, wo es sein sollte.

»O Gott, o Gott, ist das schön«, sagte sie.

Karl hatte in seinem Leben mit so vielen Frauen dieser Art Umgang gehabt, daß er sie jetzt nicht mehr hätte zählen können. Aber so, wie er es hier und jetzt erlebte, war es weniger oft gewesen, als eine Hand Finger hat.

Er fühlte sich als Sieger. Damit zugleich wurde ihm klar, daß er sich hier nicht in einem normalen Zustand befand, denn in seinem alltäglichen Denken, in seinem Weltbild gab es den Begriff des Siegens nicht mehr und auch nicht den des Besiegtwerdens. Siegen oder Besiegtsein war für ihn das gleiche geworden. Auf das eine brauchst du nicht stolz zu sein, das andere brauchst du nicht zu beklagen. Diese Erkenntnis kam über ihn, als die Schmerzen einmal stärker gewesen waren, als ein Mensch sie ertragen kann. Wie armselig und klein war da alles geworden, was dem Menschen sonst wichtig ist.

»Oh, Gott, ist das Leben schön«, sagte Elia und lag flach auf dem Rücken, Arme und Beine weit weggestreckt, die Augen zu.

Der alte Mann Karl fühlte in sich hinein und konnte sagen, daß dieser große Flug ihn nicht ermüdet hatte. Das war ja wie früher, wie zu der Zeit, bevor er sich von der Welt zurückgezogen und beschlossen hatte, alt zu sein und dem Tod entgegenzugehen. Man muß dem Tod entgegengehen, damit man ihm nicht zufällig den Rücken zukehrt, wenn er kommt.

»Kannst du noch?« fragte er.

»Das brauchst du gar nicht zu fragen, das ist doch klar.«

Weintraubenbrüstchen, klein und etwas prall. Einen Leib, wie von Maillol geformt.

Sie hörten dann nicht auf, weil einer müde wurde, sondern weil sie Hunger hatten. Sie gingen essen, und die Sinnlichkeit setzte sich fort in der Völlerei. Auch hier war sie nicht zu ermüden. Sie aß und aß und strahlte, trank endlos viel Wein. Und dann gingen sie zu ihm nach Haus, sanken ins Bett, vollgefüllt bis zum Rand und sanken in einen tiefen Schlaf. Das war ein Tag aus Gold gewesen. Sie schlief wie tot, und als Karl sie beim Morgengrauen noch einmal vorsichtig beglückte, weil er wissen wollte, was sie dabei möglicherweise träumte, wachte sie nicht auf.

»Was hast denn du heut geträumt?« fragte er, als sie am Vormittag aufwachten.

»Ich glaube, nichts.«

Mann, o Mann, dachte Karl, sie muß gesund sein wie eine Gazelle. Er mußte an den armseligen Zustand seines Leibes denken. Die Jahre, die noch vor ihm lagen, würden schnell vergehen wie eine Woche.

Dann kamen Tage, die waren wie ein Taumel.

Nachträglich könnte Karl nicht mehr sagen, wie viele es waren. Es war so gut ein Sommer lang, wie es ein Leben lang war. Er hatte kein Verhältnis zur Zeit, sie war für ihn wie ein Raum – allgegenwärtig.

Oder waren es nur zehn Tage?

Es waren nur zehn Tage.

Weil sie nichts zu tun hatte, keine Arbeit und keinerlei Kram erledigen mußte, war sie immer verfügbar. Karl war seit einiger Zeit durch unvorhersehbare Umstände und großes Glück in die Situation geraten, daß er nicht mehr arbeiten mußte, daß er so viel Geld zur Verfügung hatte, wie er brauchte. Etwas, wovon er sein Leben lang geträumt hatte, was aber fast zu spät eingetreten war. Denn er war wunschlos geworden. Er hatte gelernt, nichts mehr zu brauchen, nichts zu wollen und auf nichts zu warten. Nicht einmal darauf, daß der Schmerz aufhörte. Anders wäre er auch nicht zu ertragen gewesen.

Sie waren in dieser Zeit des Taumels fast immer zusammen. Sie badeten in Flüssen und tranken sich in ländlichen Wirtshausgärten ihre kleinen Räusche an.

»Mann, o Mann«, sagte Elia, »das Leben ist so schön, daß man Tag und Nacht vor Freude weinen könnte. Findste nich?«

Und dann weinte sie wirklich.

Karl fiel wieder ein, daß sie ja Schauspielerin war. Sie konnte lachen und weinen, innerhalb zweier Sekunden von einem ins andere übergehen und beides so echt, daß er Respekt vor ihr bekam.

In den Nächten gingen sie tanzen, tanzen war immer Karls große Leidenschaft gewesen. Auch noch jetzt. Und auch da paßte alles und ging eines in das andere über. Sie schien nicht zu merken, daß er manchmal etwas humpelte.

»Laß uns doch zusammen eine große Wohnung nehmen, ja«, sagte sie, »und dann legen wir uns Freunde zu und leben und leben, Karl...«

Karl war alt genug, um zu wissen, daß so ein Glückstaumel etwas anderes ist als der Alltag. Für ihn war der Verlauf seines weiteren Lebens klar zu überschauen. Und das war das Gegenteil von dem, wovon sie sprach. Für ihn war das Leben seligmachende Einsamkeit. Die Welt übersehen und den Kosmos spüren von seinem Sessel an der Tür, oben über den Dächern, und sich nicht bewegen, um den Schmerz nicht zu wecken. Die Welt nur sparsam an wenigen Stellen berühren.

Er hatte seit einiger Zeit das Höchstmaß an Glück gefunden, und das lag nicht in der Zweisamkeit. Für ihn war das Glück ein Gefühl, das etwa in der Höhe spürbar war, wo der Kopf auf der Wirbelsäule auflag. Das war für ihn fast ein Dauerzustand geworden, der sich am deutlichsten einstellte, wenn er allein war. Ein Frieden, der sich endlos von seiner Dachstube über die Horizonte ausdehnte, bis dahin, wo alles eins war.

Es gab für ihn nichts Geselligeres als die Einsamkeit. Ihn reute jede halbe Stunde, die er mit jemand anderem verbrachte. Was die redeten und was sie sagten, das wußte er schon.

Karl hatte am Ende des letzten Krieges eine Kugel in den Bauch bekommen. Die Lazarette waren wegen des Rückzuges schon abgebrochen, die Ärzte geflohen, das Loch notdürftig zusammengeflickt worden. In der mittleren Phase seines Lebens hatte das wenig Beschwerden verursacht. Mit der Zeit hatte er das auch vergessen, zumal er sich damals für unzerstörbar hielt.

Karl war sicher, daß die Schmerzen eines Tages so gehen würden, wie sie gekommen waren: Er würde aufwachen, und der Schmerz wäre weg.

Auch während dieser Zeit mit Elia kamen die Schmerzen. Als er das sagte, war sie zuerst erschrocken. Er konnte nicht unterscheiden, ob sie nur die Rolle beherrschte oder ob sie wirklich erschrocken war.

»Mein Gott, Karl, das finde ich schlimm. Glaubst du, daß es etwas Ernstes ist?«

»Nein. Sie werden eines Tages weg sein.«

»Ich hatte einmal einen Freund, und das war eine ganz große Liebe. Wirklich so, weißt du, mit allen Höhen und Tiefen und Leiden und allen Freuden, die denkbar sind. Und bei dem war das auch. Er war vital wie ein Stier, war immer lustig, griff mit den Händen voll ins Leben und holte sich alles heraus, was da war. Nur manchmal bekam er auch diese Schmerzen, ich weiß nicht, wo. Sie wurden dann immer stärker. Und vor einem Jahr ist er gestorben. Wir waren damals schon zwei Jahre auseinander, hatten aber noch losen Kontakt. Wir telefonierten so alle zwei Monate und heulten Rotz und Wasser am Telefon.«

Sie fing jetzt an zu weinen. Dazwischen zu lachen. Und wieder zu weinen.

»Und dann, eines Tages, rief ich heute an, rief morgen an. Eine ganze Woche lang. Ich denke, das kann doch nicht sein, er muß doch mal zu Haus sein. Ich telefonierte mit dem Theater, wo er spielte. Da haben sie's mir gesagt. Ich dachte, ich krepiere. Ich habe eine Woche nur geheult, geheult und nichts gegessen, nicht geschlafen.«

Der alte Karl war nicht mehr eifersüchtig. Wenn er sich vorstellte, daß der Mensch auf diese Welt kommt und ein Ergebnis vorweisen muß, wenn er sie wieder verläßt, sozusagen wenigstens eine Stufe höher von dieser Welt gehen muß, als er sie betreten hat, und wenn *er* das Ergebnis *seines* Lebens vorweisen sollte, dann würde er das Überwinden der Eifersucht als seine wichtigste Tat, als eine Verfeinerung seines Geistes nennen. Für Karl waren die armseligsten Eigenschaften, die den Menschen befallen können, Stolz, Habgier, Geiz, Eigendünkel und Eifersucht. Mit einer dieser Eigenschaften in den Tod zu gehen, hätte für ihn bedeutet, unnötig gelebt zu haben.

Mit den meisten dieser Eigenschaften hatte er nie Last gehabt; denn Stolz, sei es der Stolz auf sein zufälliges Vaterland, der Stolz auf einen vergänglichen Sieg oder lächerlichen Besitz hatte er immer für ein Zeichen von Dummheit gehalten. Wer auch nur einen kleinen Teil dieser Welt begriffen hat, der kann nicht stolz sein.

O Mann, dachte Karl, ist es nicht die spezifische Eigenschaft des Menschen, die ihn total vom Tier unterscheidet, daß er dumm ist wie Kuhmist!

Auch die Habgier hatte ihn nie gefährdet. Der letzte Krieg, sein Krieg, aus dem er kam, hatte ihn die Vergänglichkeit jeden Besitztums gelehrt. Man kann nichts, aber wirklich nichts, was außerhalb seines Kopfes liegt, als sich zugehörig betrachten. Du darfst nicht von Dingen umgeben sein, an die du dich klammerst. Du mußt jederzeit von allem weggehen können, ohne auch nur eine Spur von Bedauern zu verspüren. Anders kannst du hier auf dieser Welt nicht leben.

Der große Schmerz hatte ihn viel gelehrt, und wenn der für eine Weile von ihm abließ und Karl sich wieder in seinem glückseligen Frieden befand, war er sogar froh über dieses Feuer, das alles Unnötige an ihm und um ihn wegbrannte.

Was den Eigendünkel betraf, so war er davon so weit entfernt wie von irgendeinem unbekannten Stein auf einer Straße in Kansas oder Oklahoma.

Blieb nur die Eifersucht, sie hatte ihm mehr als die Hälfte seines Lebens vergällt. Schon als Kind hätte er in seiner Qual sterben mögen, wenn seine Mutter seinen Vetter, das Kind ihres Schwagers, den sie heiß liebte, aber nicht bekommen hatte, mehr liebte als ihn, Karl. Und als Sechsjähriger liebte er eine Achtjährige, Marianne, die fabelhaft Klavierspielen konnte. Aber sie liebte ihn nicht. Sie liebte einen gewissen Heinzi. Und wieder waren es Höllenqualen, er aß nichts mehr und wollte verhungern. Und die Eifersucht hatte ihm die kurzen Jahre seiner Ehe zur Hölle gemacht.

»Er war deine große Liebe?« fragte er Elia.

»Ja. Nein. Aber die leidenschaftlichste. Er war in Stuttgart, ich in Würzburg engagiert. Ich habe heute das Gefühl, alles spielte sich nur auf Bahnhöfen ab. Da waren immer nur Bahnhöfe. Wenn einer wegfuhr, einer ankam, und wir heulten Krokodilstränen, wenn wir uns trennen mußten, und feierten rauschende Feste, wenn wir wieder zusammenkamen. Kannst du dir das vorstellen?«

»Ja«, sagte der alte Karl.

Etwas Trauer kam über ihn. Für ihn gab es das nicht mehr, er war schon auf dem Weg hinaus aus dieser Welt, unwiderruflich.

»Und jetzt ist er tot. Kannst du so was begreifen, sag?«

»Ja«, sagte Karl. Denn wer stand möglicherweise dem Tod näher, als er hier? Das war ja, als ob der Gevatter ständiger Gast bei ihm war und ihm ein paar Hiebe in den Leib versetzte, als wollte er sagen: »Damit du mich auch nicht vergißt, Kamerad.« Als ob er sich daran weidete, wie er ihm die Tage einzeln auf den Tisch zählte.

Furchtlosigkeit. Karl hatte sich seit Jahren in Furchtlosigkeit geübt. Dem Krieg war es nicht gelungen, sie ihn zu lehren. Karl hatte damals gezittert und manchmal aus Furcht geweint, wenn die Situation ausweglos schien. »Wenn ich hier herauskomme und weiterleben kann, dann soll es mir egal sein, wie und unter welchen Umständen.« Das hatten sie damals wohl alle gedacht und inzwischen längst vergessen.

»Ich kann das nicht begreifen«, sagte sie. »Er steht vor dir, du kannst ihn anfassen, mit ihm reden, und dann ist er mit einmal weg. Das ist so furchtbar, weißt du.«

Ob das furchtbar ist? dachte Karl. Die Welt besteht doch nur aus Tod, Töten, Geborenwerden und Lieben, – wenn man das Kopulieren so nennen will.

»Schau dich mal um«, sagte er.

Sie saßen an einem Fluß im Gras, und da oben auf einem Halm klebten zwei Käfer mit roten Flügeln und begatteten sich. Da fraß ein Käfer einen kleineren, ein Vogel einen Käfer, den Vogel wird die Katze erwischen.

»Wenn du bedenkst, wie viele Lebewesen jetzt in dieser Sekunde hier im Umkreis von vielleicht fünf Metern sterben, weil sie gefressen, zertreten oder sonst was werden, dann ist die Menge des Sterbens immer so groß wie die des Entstehens. Die Materie des Lebens, wenn du das so nennen willst, ist beim kleinsten Tier wohl die gleiche wie beim Menschen. Man muß ohne Fiasko aus dem Leben gehen. Der Tod darf kein Ereignis sein. Er ist eine Tat. Ihm entgegengehen, weißt du, was ich meine?«

»Das wußte Hänschen wohl«, sagte sie. Hänschen war jener, von dem sie sprach. »Sonst hätte er nicht so gelebt.«

»Wie alt war er?«

»Achtundzwanzig.«

Karl glaubte das nicht. Voll und mit allen Armen ins Leben greifen, bedeutet nicht, furchtlos in den Tod zu gehen. »Wahrscheinlich hat er ihn nicht erwartet«, sagte Karl.

Sie weinte noch. Dann lachte sie.

»Wer war dann deine große Liebe?« fragte er.

»Alain«, sagte sie.

Alain war ein sanfter, schmaler Jüngling, der in Paris geboren war, dessen Familie dort auch noch lebte und mit Teppichen handelte. Wohl ziemlich reich. Er hatte einen schmalen, kleinen Körper, einen dunklen Kopf, der sehr groß erschien, weil die langen, schwarzen Haare wild herumhingen und er den Bart so wachsen ließ. Er hatte schlechte Zähne, die Augen waren groß, dunkel, aber trüb, denn er kiffte den ganzen Tag. Kam mindestens auf seine dreißig Joints. Er war Experte, was das Erkennen der Qualität seines Stoffes anging. Er arbeitete nichts, er handelte etwas mit Haschisch und spielte den ganzen Tag auf einer Flöte. Er wohnte immer noch im Appartement von Elia mit ihr zusammen, und sie schliefen in einem Bett.

Sie sagte: »Aber wir haben nichts miteinander.«

»Warum nicht?« hatte Karl gefragt.

»Weil er nicht mehr will.«

»Und wenn er wollte?«

»Wäre ich sofort wieder da.«

»Das höre ich gern.«

Wenn sie von Alain redeten, war sie wie weggetreten. Sie war dann so gut wie nicht vorhanden, hatte Tränen in den Augen und meistens holte sie sich einen Joint aus der Tasche, den sie immer bei sich hatte; sie entfernte sich immer weiter.

Karl brauchte nicht mehr geliebt zu werden. Die Zeit hatte ihn gelehrt, von dieser Welt nichts mehr zu verlangen.

»Er spielt so wahnsinnig schön Flöte«, sagte sie. »Findste nich?«

»Nein«, sagte Karl. Er kannte Alain.

»Du bist so blöd. Wenn du nichts davon verstehst, dann rede nicht darüber.«

»Ich habe nicht darüber geredet. Du hast mich gefragt.«

Wenn es um Alain ging, wurde sie zur Furie. Und wenn es um die große Liebe einer Frau geht, hat es keinen Sinn, mit ihr darüber zu reden, denn dann befindet sie sich in einem Zustand, wo weder Realität noch Logik die kleinste Chance haben.

Wenn ihm Alains Flötenspiel nicht gefiel, dann

war es keine Eifersucht. Er konnte Alain sehr gut leiden. Wenn sie nicht zu Haus war, ging er manchmal zu ihm, hatte sich mit ihm angefreundet. Karl wollte wissen, welches Weltbild Alain hatte. Wie er bisher lebte und zu welchen Ergebnissen er dabei gekommen war.

»Wo hast du bis jetzt gelebt?«

»In allen Städten der Welt. Erst Paris, dann Jerusalem.

Dann New York, Berlin, hier.«

Alain sprach inzwischen einwandfrei Deutsch, mit diesem schönen französischen Akzent.

»Und was hast du gemacht?«

»Alles. In Israel habe ich in einem Kibbuz gearbeitet.«

Alain war Jude.

Seit sie mit Alain zusammen war, hatte Elia Beziehung zum Biblischen. Sie wollte die Kabbala begreifen lernen, sie hatte sich den Namen Elia zugelegt, leitete ihn von Elias ab. Sie kaufte in Antiquariaten Literatur auf, von der sie meinte, jüdischem Denken näherzukommen.

»Und in den anderen Städten?«

»Nichts. Habe ich Flöte gespielt.«

»Und wovon gelebt?«

»Von nichts. Ich habe immer Frauen gefunden,

wo ich wohnen konnte. Es geht immer weiter, es geht immer so weiter«, sagte Alain.

Er gab vor, alles zu wissen. Die Kabbala sei ihm ein offenes Buch, über den Buddhismus wisse er alles. Hinduismus, Yoga, alles sei für ihn durchsichtig wie ein Glas Wasser. Er spräche fast alle Sprachen, habe im Kibbuz Polnisch gelernt. Englisch sowieso. Es war nicht schwer herauszufinden, daß er von Yoga etwa gerade noch den Namen kannte, danach nichts mehr. Sein Polnisch war ein Satz, der sich wie polnisch anhörte, aber nicht polnisch war, denn Karl hatte im Krieg Polnisch gelernt. Aber er nahm ihm solche Phantastereien nicht übel, weil Alain sanft war. Karl hatte gern Umgang mit dieser Art Menschen, die nie aggressiv sind, sich auch unter keinen Umständen auf einen bösartigen Streit einlassen.

Sie waren von dem Flußufer weggegangen, zurück, quer durch die Wiesen, durch das Gebüsch zur Waldwirtschaft. Die Sonne schien, es war am späten Nachmittag, ein Wochentag, nur wenige Leute waren unterwegs, so ein Tag, als ob etwas ausklingt, was schön war.

Karl bestellte sich Bier, sie Wein und geräucherte Forellenfilets, er Schinken, und sie aß noch vor ihrer Forelle Karls Schinken auf, ließ ihm nur das Fette und sagte: »Das Fette kann ich nicht essen, das macht dick.«

Karl sagte nichts, er wußte nur, daß sie gar nicht hier, sondern bei Alain war, und er wollte mehr wissen.

»Woher kennst du ihn, wie war das?«

Sie sagte: »Vor zwei Jahren. Im Mai. Es war genau am 12. Mai, das vergißt man ja nicht, gehe ich ins Café Schmidt. Kennst du ja, wo ich immer frühstücke. Und da sitzt er dann. Ich kann dir sagen, ich ihn sehen, und wie vom Blitz getroffen konnte ich nicht anders,setz mich an den Nebentisch. Du kennst ihn ja mit seinem Charme. Ihn muß es genauso erwischt haben. Guckt mich an. Fragt, ob ich Feuer hätte. Sagt, ich solle mich doch zu ihm setzen, er sei fremd in der Stadt. Du kennst ja diese geheimnisvollen Augen, er sieht doch wahnsinnig interessant aus, findste nich?«

»Ja«, sagte Karl, um sie nicht aus dem Redefluß zu bringen.

»Wir reden so ein bißchen, er fragt mich, ob ich ihm die Stadt etwas zeigen könne, er habe bis jetzt zwei Jahre lang in Berlin gewohnt, und wo ich wohne. Na ja, und dann kam das halt so. Wir gingen weg, gingen gleich zu mir, ich wohne ja bloß um die Ecke, und sofort, ohne viel reden, ins Bett.

Oh, Gott, was habe ich ihn geliebt!

Ich wurde direkt häuslich. Ich ging einkaufen, habe gekocht, habe mich von allen Leuten zurückgezogen. Und er hat Flöte gespielt. Wir haben nur geraucht und geliebt.«

Karl fiel auf, daß sie jetzt »lieben« sagte. Sonst nannte sie's »bumsen«.

»Und Geld? Woher hattet ihr Geld?«

»Ich ging vormittags arbeiten.«

Sie hatte noch nie Geld gehabt, seit Karl sie kannte. Es war ganz klar, daß er für alles aufzukommen hatte.

»Und dann weiter?«

»Eine wahnsinnig schöne Zeit.«

Tränen liefen ihr am Gesicht herunter.

»Wie lange?«

»Einen Monat. Dann kam ich mal nach Haus, da hatt' er ein Mädchen im Bett. Ich habe natürlich getobt, ich war wahnsinnig vor Schmerz. Ich habe geheult zum Krepieren. Dann gab es Diskussionen, ganze Nächte lang. Ich habe überhaupt nicht mehr geschlafen. Dann hat er mir mit seiner sanften Stimme, du kennst ihn ja, erklärt, daß kein Mensch einem anderen Menschen gehört, und er mir schon gar nicht. Dazwischen brachte er dieses und andere Mädchen mit, egal, ob ich da war oder nicht, sie legten sich ins Bett und machten ihre Nummer, und wenn ich am Leben bleiben wollte, mußte ich weggehen. Kannst du dir denken, da auch noch zusehen! Und er immer mit seinem sanften Lächeln.«

Das konnte der alte Mann Karl sich gut vorstellen. Es gab im ganzen Haus, in dem die beiden wohnten, keine einzige Frau, die nicht von allein unter irgendeinem Vorwand – sich Mehl leihen oder fragen, wie die Platte hieß, die er eben gespielt hatte – heruntergekommen war und sich dann von ihm hatte bestäuben lassen. Meistens nur einmal. Karl war oft dabei, wenn sich so etwas anbahnte, wenn die Klingel ging und so ein Mädchen etwas fragte. Alain sagte: »Kommen Sie doch rein. Das ist ein Freund von mir.«

Es wurde nie viel mit den Frauen geredet. Alain war auch nicht darauf aus, mit ihnen unter die Bettdecke zu steigen, aber das muß es wohl sein: Die Frauen wollen jetzt Sieger sein. Sie wollen erobern, es geht ihnen darum, oben zu liegen.

Und Alain ließ sich erobern.

Das Haus, in dem sie wohnten, hatte jene moderne Architektur, die Häuser unbewohnbar macht. Alles war aus Beton und zu klein. Die Mieten zu hoch, daß die meisten Mieter nur vorübergehend einzogen – während sie eine andere Wohnung suchten. Das bedeutete für Alain, daß die Mieter oft wechselten. Neue Frauen kamen. Er nahm jede. Er war nicht stolz darauf. Das war ihm egal, das hatte bei ihm keinen größeren Stellenwert als etwa urinieren.

»Ja, und dann?« fragte Karl. »Wir haben geredet und geredet, er hat mich davon überzeugt, daß ich, wenn ich ihn wirklich liebe, glücklich sein müsse, wenn es ihm gut gehe. Das habe ich dann eingesehen. Ich habe in den ersten Monaten gelitten wie ein Schwein auf der Schlachtbank. Ich habe nur noch geheult, geheult und geheult.«

»Warum hast du ihn nicht rausgeworfen?«

»Das kannst du mich aber wirklich fragen.«

»Du könntest ihn jetzt hinauswerfen.«

»Ich denke ja immer noch, daß sich das wieder einrenkt.«

»Er ist doch seit Jahren ununterbrochen bekifft und mager wie ein Hund. Er kann doch gar nichts mehr bringen«, sagte Karl.

»Na, dann kennst du Alain aber schlecht. Wenn er am bekifftesten ist und früh um vier ins Bett steigt, dann steht er ihm wie eine eins, du, aber echt. Und das ohne Pause.«

Und du willst mir sagen, daß du nichts mehr

mit ihm hast, dachte Karl. Sagte das aber nicht. Er vermied es, über Dinge zu reden, deren Antwort er vorher schon wußte.

Karl dachte, daß er etliche Jahre früher mit einer seiner Frauen nie darüber hätte reden können, ohne in Zorn zu geraten, in eine hemmungslose Wut; alles hätte er hingeworfen und wäre gegangen. Da zieht eine mit ihm herum, ißt seinen Schinken weg, heult ihm ihre große Liebe zu einem anderen vor, sagt ihm, daß sie sofort weg wäre, wenn jener andere auch nur mit dem Finger schnalzte, Mann, o Mann! Aber er, Karl, war unerreichbar geworden.

Später brachte Alain auch ganz große Lieben mit nach oben, zum Beispiel die Frau eines Managers, die von ihrem Mann per Detektiv bewacht wurde. Der Wanzen in ihr Telefon einbaute, ihre Post kontrollierte. Und deren große Liebe auch Alain geworden war. Dann übernahm Elia die Botengänge, tätigte verschlüsselte Telefonanrufe, gab sich bei jener – sie nannte sich Nicole, hieß aber anders, Karl kannte sie von früher –, die also in den Sog des Franzosen Alain geraten war, gab sich dort als ihre Freundin aus, um alles zu arrangieren für Alain.

»Ich habe viel von ihm gelernt«, sagte Elia. »Er

ist wie alle Juden so weise, als habe er zweitausend Jahre gelebt.«

Karl sah das etwas anders.

»Gehst du manchmal mit ihm essen?«

Karl wollte sie fragen, ob sie ihm, Alain, dann auch den Schinken wegaß, aber sie sagte: »Nein, wir waren noch nie essen, er hat nie Geld.«

Karl brachte sie dann nach Haus, denn sie zupfte nervös an ihren Fingernägeln; er kannte sie inzwischen und wußte, daß sie nicht mehr von dieser Reise zu Alain zurückkommen würde. Jedenfalls heute nicht.

Er war froh, sie jetzt erst einmal los zu sein, verabschiedete sich an der Tür. Sie war geistesabwesend. Er fuhr schnell weg, um das vergessen zu können. Fuhr nach Haus, das Telefon läutete, sie war's: »Kann ich zu dir kommen, Karl? Nicole ist hier.« Er sagte nein, er habe keine Zeit.

Er saß an seiner Glastür, sah in die Nacht hinaus und stellte sich seinen Tod vor. Am liebsten würde er hier sterben. Hier oben, die Schmerzen würden so stark werden, daß sie nicht mehr spürbar sein würden. So, wie wenn du dir mit einem Hammer so sehr auf den Finger schlägst, daß nur ein taubes Gefühl da ist. Sein Leib würde dann etwas klamm werden, aber ganz leicht. Und er selber, Karl, würde von sich wegschweben, hinaus aus diesem Fenster und in den Abendhimmel hinauf. Erfüllt von allem, was gewesen war, und ohne jede Last. Er nahm sich vor, laut zu lachen, wenn er aus der Welt fliegen würde.

Er spürte jede Sekunde auf seiner Fingerspitze zergehen, hinunterrinnen wie Wassertropfen, und er spürte damit die Ewigkeit.

Er hatte nicht mehr vor, sich bei Elia zu melden. Er wollte die Geschichte im Sand verlaufen lassen; man muß den Anfängen wehren! Wenn etwas anfängt, nicht mehr gut zu sein, muß man aufhören! Denn es wird dann immer nur schlechter.

Aber am nächsten Tag rief *sie* an: »Du, Karl, draußen ist so traumhaftes Wetter, sollen wir nicht baden gehen? Ich kaufe etwas zu essen, du bringst den Wein mit, und wir fahren an den Fluß.«

Sie würde etwas zu essen kaufen: So hatte sie noch nie geredet, und Karl vergaß dieses Gestern, holte sie ab, und der Tag wurde wieder so schön wie die ersten fünf, sechs. Der alte Karl war nicht mehr nachtragend, konnte alles Schlechte vergessen, gab am nächsten Tag bei Alain irgendein kleines Geschenk für sie ab.

Als sie ein paar Stunden später zu ihm heraufgehetzt kam, außer Atem vor Freude und so glückselig über dieses harmlose Ding: »Oh, Karl, ich freu' mich ja so wahnsinnig, ich kann dir gar nicht sagen, wie«, nahm er sich vor, sie jeden Tag glücklicher zu machen, sie auf diese Weise immer wieder zu Freudentränen zu veranlassen.

»Komm, wir gehen irgendwo hin.«

»Du darfst dir wünschen, wohin«, sagte er.

Sie nannte ein teures Spezialitätenrestaurant.

»O. k.«, sagte Karl. Ihre offensichtliche Bescheidenheit, die sich aus der Freude über das armselige Geschenk doch wohl gezeigt hatte, sah er schon wieder in Frage gestellt.

In diesem Restaurant fing sie an, sich kolossale Speisen auftischen zu lassen. Bestellte den besten Wein, und davon nicht gerade wenig. Sie fing dann an aufzuzählen, was sie noch alles brauchte. Sagte, als sie drei Viertel des Weines getrunken hatte: »Tja, ich bin eben eine Luxusfrau. Wer sich mich leisten will, der muß auch was aufwenden.«

Bevor sie an ihre Speisen ging, aß sie von Karls Teller das Beste weg, sagte: »Ich kann ab jetzt auch nicht mehr alles essen, ich muß dünner werden.«

Sie aß auch von ihren Tellern nur das Beste, ließ

den Rest zurückgehen, bestellte anderes nach und trank fast zwei Liter Wein.

Dem alten Mann Karl wurde es wieder bewußt, daß er alt war, daß er sich Frauen jetzt noch bestenfalls kaufen konnte. Daß er eben kein Alain war. Alain war achtundzwanzig.

Karl wußte, daß sie hier eine Rolle spielte. Daß sie diese Rolle aber fabelhaft spielte, denn sie hatte es oft genug geschafft, ihm glaubhaft diese unbändige Freude vorzuspielen. Sie hatte manchmal, wenn er sie mit dem Auto irgendwohin brachte und sie mitten auf der Straße aussteigen mußte, weil es anders nicht ging, plötzlich beim Aussteigen angefangen, ihn zu küssen und eine Liebesarie abzuziehen, während hinter ihm die Autos sich stauten und wie verrückt hupten. Sie legte sich über den Beifahrersitz, bei der offenen Tür, halb auf ihn, als sei sie allein auf der Welt. Er drängte sie raus: »Wir halten den ganzen Verkehr auf, Mensch.« Sie klammerte sich an ihn, sagte: »Scheiß doch auf den Verkehr.«

Sie hatte ihn in den Nächten, wenn er von ihr weggehen wollte, immer wieder festgehalten und zum Bleiben gezwungen, wie man's nur tut, wenn es sich um Liebe handelt.

»Und heute abend gehen wir in den Austernkeller, Karlchen. Wenn man so eine Schlankheitskur macht, ist das Beste: Austern, Lachs, und wenn es nicht anders geht, bestenfalls noch eine Seezunge. Dazu einen trockenen Chablis…«

Da fiel irgend etwas herunter und zersprang.

Karl überlegte, warum er die ganze Geschichte nicht als das auffassen sollte, was es war, nämlich als ein Theater, als eine Vorstellung, hier für ihn allein gespielt; und eigentlich war es ihm gleich, ob jemand ihm diese Liebe so großartig und vollendet vorspielte oder ihn echt liebte. Er könnte sie engagieren und den Aufwand als Honorar betrachten.

»Und jetzt einen Joint, und ich hebe ab«, sagte sie.

»Hast du denn einen?«

»Klar, hab' ich einen. Der Alain gibt mir immer was mit. Und zwar einen erstklassigen.«

Karl konnte mit Hasch nichts anfangen. Er hatte es des öfteren versucht, denn er war etliche Jahre zuvor ein Meister der kleinen Räusche gewesen. Aber dieses Zeug gab ihm nichts. Es reduzierte ihn. Er hatte es geraucht, hatte es im Tee, zubereitet von einem berühmten Profi, getrunken und hatte es eingebacken in Keksen gegessen.

Karl hatte im normalen Alltag das Gefühl, sein

Bewußtsein sei ein Kreis. Ein Kreis, der sich von Tag zu Tag, wenn er sich in den Zustand des Friedens begab, immer mehr erweiterte. Das war auch der Kreis, aus dem er meinte hinauszutreten, wenn er die Welt verlassen würde. Das größte Glücksgefühl stellte sich bei ihm ein, wenn er sich am äußersten Rand dieses Kreises wähnte und sozusagen wie auf einem Seil diesen Kreis entlang tanzte. Die Bewußtseinserweiterung, von der sie seit einiger Zeit alle redeten, ohne das Wort wahrscheinlich zu verstehen, war das Ausweiten dieses Kreises. Aber wenn Karl Haschisch zu sich nahm, verengte sich der Kreis. Er schrumpfte zusammen auf etwa ein Drittel seines ursprünglichen Umfangs und teilte sich in zwei Hälften. Dabei war bezeichnend, daß rechts links wurde und links rechts. Wenn er dann beispielsweise einen Gegenstand holen wollte, den er rechts wußte, ging er nach links, um ihn zu holen. Alles das geschah mit ungeheuerlicher Langsamkeit. Das war wie ein Betäuben sämtlicher Fähigkeiten und ein Einnebeln allen Wissens. Zwischen den beiden Hälften, die er fühlte, war eine Leere. Ein klarer, wie mit einem scharfen Messer herausgeschnittener Streifen. Nichts.

»Willst du mal?« fragte sie.

»Nein.«

Elia schwebte und trank dabei weiter, was bei anderen Kameraden sehr verpönt war; denn Alkohol und ein Joint gleichzeitig, das sei nicht machbar, sagten sie.

Hasch kann man riechen, Karl war das nicht peinlich. Bei solch hohen Zechen ist man in dieser Gegend nicht kleinlich gegen seine Gäste. Außerdem kannte man ihn hier von früher. Er rauchte nicht, man sah, daß es nicht von ihm ausging, und der Kellner hatte ihn vor längerer Zeit schon oft mit Frauen gesehen, die nicht immer so waren, wie man es hier gern sah.

Karl brachte sie nach Haus, sie kroch ins Bett und schlief durch mit ihrem gesunden Schlaf, bis zum nächsten Tag um zehn.

Von diesem Tag an hatte sich etwas verändert. Der Glückszustand der ersten Tage war weg. Sie führte sich auf, daß einem das Kotzen kommen konnte. Fing da also an, beim Autofahren die Beine auf das Armaturenbrett zu legen. Ihn herumzukommandieren und immer unverschämter zu schmarotzen. Und dann wurde ihm das zuviel. Er knöpfte sie sich vor, ging mit ihr in eine leere Kneipe, sie setzten sich hinten an einen Tisch, und er sagte ihr, daß die Rolle, die sie hier spielte, von ungeheuerlichem Können zeugte, er auch nichts gegen dieses Theater einzuwenden habe, da er nicht geliebt zu werden brauche, er nicht einmal einen Menschen brauche, um mit ihm zu reden. Er sei nicht einsam. Er könne sie also hier auf dieser Stelle verlassen. »Ich stehe jetzt auf«, sagte Karl, »gehe nach Haus, und wir beide freuen uns über die lustigen Tage, die wir hatten, und du liebst weiter deinen Alain.«

Da fing sie ganz still an zu weinen und sagte: »Geh bitte noch nicht.« Man kann viel spielen, dachte Karl. Sie war nicht die erste Schauspielerin, mit der er zusammen war, und er mußte früher oft dieses elende Rolleneinstudieren mit anhören. Gespräche zwischen Schauspielern hatten ihn mit den Feinheiten vertraut gemacht, und darum wußte er, daß die lauten Liebesarien, dieses Sich-auf-dem-Boden-Wälzen nicht die wahre Schauspielkunst war. Das war eine Schülerauffassung von Schauspielerei! Stilles Leiden darstellen, große Liebe glaubhaft bringen, ohne dabei einen Muskel zu bewegen, ohne ein Wort zu reden, nur mit der Ausstrahlung! Ausstrahlung war ein Lieblingswort in diesem Beruf, auch dort gern angewendet, wo es nicht paßte.

Karl hatte Elia nie für eine große Schauspielerin

gehalten. Weil sie, hatte er gedacht, wenn sie es wäre, nicht so lange ohne Engagement herumliefe. Obschon die Liebesarien, die sie ihm abzog, große Leistung waren. Aber was sie jetzt tat, das war, wenn es gespielt war, ganz große Klasse. Dieses unendlich stille Verlorensein und sich nicht wehren. Die Augen voll Tränen, dabei aber ohne jede Tragik. Sie versuchte ihn nicht von seinem Vorhaben abzubringen, schaute ihn mit dieser unbeschreiblichen Trauer an, und Karl dachte: Das *kann* nicht gespielt sein. Und wenn es gespielt ist, dann ist sie so groß, so groß...

Der alte Mann Karl hatte sich in den schlaflosen Nächten vorgenommen, solange er noch leben würde, kein Leid mehr zu verursachen. Er hatte in solchen Nächten viel Zeit zum Grübeln. Und das hier war Leiden. Seinetwegen.

Er sagte: »Ich bleibe.«

»Für immer, Karl?«

»Für länger, wenn es sich ergibt.«

Innerhalb einer Sekunde verwandelte sich dieses Gesicht total, die Tränen waren weg, sie lachte mit einem Anflug von Unverschämtheit, wie man lacht, wenn einem ein Scherz gelungen ist. Karl kannte sich nicht mehr aus. Das ging über alles, was er begreifen konnte.

Der alte Mann Karl war jetzt müde. Müde von dem ewigen Spiel, das sich immer wiederholt, müde von diesem Tag – er wollte sie nicht mehr wiedersehen. Nie wieder Elia, nie wieder Elia, hämmerte es in sein Gedächtnis, er wollte weg. »Ich muß jetzt nach Haus, ich bin müde.«

»Ach, geh nicht, Karl. Laß uns noch in einen irren Schuppen gehen, ja!«

»Geh doch mit deinem Alain!« Er war gereizt und aufgebracht.

Sie lachte verlegen, ließ von ihm ab, hielt ihn nicht mehr am Arm fest, und Karl nutzte die Gelegenheit, in sein Auto zu steigen. Sie zerrte ihn wieder heraus.

»Für einen alten Mann wie mich ist das ein unerträglich dummes Kinderspiel«, sagte er, »kannst du das vielleicht verstehen?«

»Ach, jetzt kommt wieder die Platte mit dem alten Mann. Das kann doch kein Mensch mehr hören, du Idiot.«

Solche Situationen waren ihm unerträglich, er fuhr mit Gewalt weg, schrieb sich zu Haus auf einen Zettel: *Nie wieder Elia!*, denn er kannte sich und wußte, daß er morgen alles wieder rosiger sehen und sich überreden lassen würde, und steckte diesen Zettel an die Tür neben dem Telefon.

In der Zeit danach gelang es ihm, etwas Abstand zu nehmen. Wenn sie sich trafen, zusammen essen gingen, lief alles wie zuvor. Sie bestellte die Speisekarte von unten nach oben, aß das Beste auf, ließ den Rest zurückgehen, trank Unmengen Wein, Kognak. Aß von seinem Teller das, was ihr schmeckte, und sagte: »Ich lebe jetzt allerstrengste Diät und muß aber wirklich alles weglassen, was dick macht.«

Kam sie zu ihm und sah irgend etwas Eßbares liegen, biß sie hinein und legte es wieder hin. Weinflaschen machte sie auf, trank aus der Flasche einen Schluck, stellte die Flasche wieder weg. Grauste sich, was das Verschlingen anging, vor nichts, schnappte beispielsweise im Auto Halstabletten, die dort im Handschuhfach lagen.

Sie frißt ihre Umwelt leer, dachte Karl, und das vergraulte ihm den Umgang mit ihr so, daß er oft nicht ans Telefon ging, wenn er zu Haus war.

Hunde pinkeln an die Bäume, um diese dadurch zu ihrem Eigentum zu erklären.

»Warum arbeitest du nicht, warum spielst du nicht Theater oder versuchst, beim Fernsehen was zu bekommen?« fragte er sie. Denn das, was sie ihm bis jetzt vorgespielt hatte, war in seinen Augen Weltklasse. Er war ein alter Trapper, der mit unzählbaren Menschen zu tun gehabt hatte und der von sich glaubte, aus jeder Regung im Gesicht des anderen alles herauslesen zu können. Und hier, bei diesem Mädchen, merkte er, daß er nichts, nichts wußte.

»Ach, laß uns zusammen eine große Wohnung mieten, ja!« Sie kam damit immer wieder an. Sie arbeite nicht, weil leben wichtiger sei als arbeiten, sagte sie. Sie wolle Kinder, Freunde und aus dem vollen leben.

»Da bist du bei mir gerade richtig«, sagte Karl. »Und warum liebst du dann Alain? Da ist doch überhaupt nichts in dieser Richtung drin.«

»Das ist was anderes.«

Eines Tages hatte sie dann mit Karl verreisen wollen. »Wir fahren einfach mit deinem Auto in Richtung Süden. Egal, wohin!«

Er sagte nein. Er habe keine Zeit und keine Lust.

»Dann fahre ich mit Erich«, sagte sie.

»Nichts dagegen einzuwenden«, hatte Karl gesagt. Und er war froh darüber. Er konnte jetzt wieder allein durch die Stadt gehen, allein seine kleinen Räusche in den Wirtsgärten genießen und die Luft flimmern sehen, ohne daß ihn einer störte.

Und sie fuhr los.

Erich hatte ein Postauto zu einem Wohnwagen umgebaut, Karl hatte ihn nie gesehen. Erich wohnte außerhalb, in einem kleinen Ort, bei seinem Vater. Elia sagte, sie habe nie etwas mit ihm gehabt, und das sei auch unmöglich, er sei nicht ihr Typ. Er sei einer von diesen Ordentlichen, wo im Auto alles tipptoppsauber sein müsse, jeder Schalter müsse funktionieren. Elias Auto war dagegen ein Müllwagen, außen und innen. Erich schwitze oft vor Aufregung, sei blond, steif und trage eine Brille, Pfadfindertyp.

»Dann fahr doch nicht mit ihm.«

»Aber so billig komme ich nie nach Griechenland«, hatte sie gesagt.

Sie fuhr schon einen Tag früher in den kleinen Ort, übernachtete im Siedlungshäuschen von Erichs Vater, weil Erich schon früh um vier los wollte. Um genügend Strecke zu machen. Sie wäre lieber so irgendwann losgefahren, nach dem Aufwachen am Vormittag, nach einem Schlemmermahl, mit einem kleinen Joint in der Brust, langsam und ohne Ziel. Was, abgesehen von dem Joint, auch nach Karls Geschmack gewesen wäre.

Als sie weg war, lebte der alte Mann Karl wieder sein glückseliges Leben, und nach einer Weile vergaß er Elia ganz.

In den ersten Tagen kamen noch Postkarten. Das bedeutete bei ihr, daß die Reise nicht so war, wie sie es sich vorgestellt hatte. Dann blieben sie aus, und das bedeutete, so meinte Karl, daß sie ausgefüllt sei und an nichts anderes mehr dachte.

Seine Knie machten ihm wieder zu schaffen. Die Hände schmerzten ihn, und er konnte jetzt nicht mehr verstehen, warum er, ein alter Mann, dessen Leben bald um sein würde, sich auf dieses Getändel eingelassen hatte. Er hatte doch seit Jahrzehnten immer wieder das gleiche erlebt. Gut, die Personen waren anders gewesen. Jede Frau fühlte sich anders an, jede roch etwas anders, aber das Gerede war immer das gleiche. Vor dreißig Jahren so wie heute. Da konnten Revolutionen laufen, so viele wollten.

Und wenn er sich das ehrlich überlegte, dann war er immer ein Weiberfeind gewesen.

Seine Mutter hatte wenig Kontakt zu ihm gehabt, hatte ihren Schwager geliebt, der aber ihre Schwester genommen hatte, und sie befaßte sich dann mit dessen Kind, Karls Vetter. Um die gleiche Zeit geboren. Ihn, Karl, überließ sie den Verwandten, meist alten Weibern, die an ihm herumküßten und ihn mit ihren zahnlosen Mäulern besabberten.

Und sie rochen so schlecht. Sie waren in Tücher eingehüllt, immer war noch ein Tuch unter dem Tuch, und später, als er etwas größer war, stand für ihn fest, daß die Tücher den Geruch verbergen sollten. Kam wieder etwas durch, wurde ein weiteres Tuch über die anderen gelegt.

Gegen die erste Frau, die dem Menschen auf Erden begegnet, nämlich seine Mutter, hatte Karl einen Haß gehabt, Eifersucht, der Trauer vorausgegangen war.

Die zweiten und dritten Begegnungen waren jene alten Frauen, von deren geistiger Unzurechnungsfähigkeit er damals schon überzeugt war, denn sie redeten mit ihm in einer dummen Kinderlautsprache.

»Dädädädädäää, tütütütüüüt.«

Er hielt sie damals für andere Lebewesen, als Männer es sind, denn Männer redeten ja auch anders. Das waren wortkarge Männer mit kühnen Schnurrbärten und harten Händen. Die sich mit Kindern nicht befaßten, sie auch nicht mit Mäulern beschmutzten.

Der erste Eindruck, den du von etwas hast, bleibt. Und ist auch der richtige. War es ein Wunder, daß er ein Weiberfeind war im Grunde seiner Seele?

Wenn er dachte: Bei mir zu Haus! dann waren nie Frauen in dieses Gefühl eingeschlossen. Dann waren es armselige Stuben, in denen es nach den alten, abgetragenen Jacketts und dem Tabakgeruch von Mahorka roch, nach Zwiebeln, Brot und Kohle aus dem Ofen. Und es waren alte Männer, die nichts sagten.

Aber keine Frauen.

Später kam dann dieser Trieb da unten auf. Stark wie eine Dampfwalze, er konnte an nichts anderes mehr denken als an nackte Weiber. Die Weiber streckten damals genauso wie heute – und da soll von größerer Freizügigkeit reden, wer will, es ist immer gleich gewesen –, streckten alles, was sie hatten, heraus, um die Jungens anzuheizen, zur Weißglut zu bringen und dann zu sagen: »Nein, Jungchen. Nicht bei mir. Da mußt du woanders hingehen.« Wie wenn du einem Verhungernden Schweinebraten mit Zwiebeln, Knoblauch und Rosmarin unter die Nase hältst – ihn aber weiter hungern läßt.

Zwar glaubte er damals die eine oder andere zu lieben, aber wie nach unerfindlichem Gesetz ereignete sich diese Liebe meist nur einseitig. Die er zu lieben meinte, liebten ihn nicht wieder. Aber um diesen Trieb zu beruhigen, mußte er dann die nehmen, die ihn liebten. Oder besser gesagt: ihn ranließen. Und das waren nicht die, die er liebte. Ein ganz verfluchter Teufelskreis! Das alles hatte seine Weiberfeindschaft nur noch verstärkt. Er mußte nehmen, was sich ihm anbot, sonst wäre er verrückt geworden.

Er hatte damals wild drauflosgerammelt, hatte sich nachher gegraust und bald kapiert, daß dieses und die Liebe wohl zwei verschiedene Dinge sein müßten, und hatte das so belassen. Was hätte er anderes auch tun können? Hätte er warten sollen, bis eine, die er liebte, zufällig auch ihn liebte?

Freilich war später in seinem Leben dieser Fall auch schon mal eingetreten. Jedenfalls schien es so. Am Anfang. Später klärte sich dann auf, daß einer von beiden mehr geliebt hatte oder als einziger überhaupt liebte, der andere diese Liebe aber nur annahm, sich dachte: Besser, ich werde geliebt und gewöhne mich mit der Zeit an den anderen, als daß ich herumlaufe und warte, bis meine Liebe erwidert wird. Nur, daß die Liebe sich bei beiden zugleich ereignete, das war nie geschehen.

Und was war mit Elia gewesen? (Sie war für ihn schon Vergangenheit.) Sie liebte Alain. Alain liebte Nicole. Und wäre er, Karl, dumm genug gewesen, das System nicht verstanden zu haben, hätte er Elia geliebt, und sie hätten auf einem Karussell gesessen, wo jeder seinen Vordermann liebt.

Wenn Karl an diesen wunderbaren Sommerabenden allein in den Wirtsgärten saß, dann grübelte er. Ein alter Mann mit seinen kleinen Räuschen, um den herum alles flimmerte, der das Gemurmel der anderen wie aus der Ferne vernahm und selig war. An solchen Tagen war für ihn alles ganz einfach.

Begann der Kreis sich schon zu schließen, war er schon an der Stelle angekommen, wo er das Leben begonnen hatte? Denn als Kind war er, durch die Umstände gezwungen, zum Weiberhasser geworden, und jetzt wurde er es von neuem.

Wenn der Kreis sich schließt, das Leben zu Ende geht, kehrt der Mensch dorthin zurück, wo er die Welt betreten hat. Karls Großmutter ging eines Tages, sie war zweiundachtzig, ohne ersichtlichen Grund zwölf Kilometer weit zu Fuß – sie wohnten an der Grenze –, ohne den Schlagbaum oder den Zoll zu beachten, ging über die Felder, über den kleinen Fluß in den Ort zurück, wo sie geboren war. Setzte sich vor dem Haus ihrer Herkunft auf die Bank unter dem Dach und starb.

Sein Großvater redete, als er starb, noch einmal

mit seiner Mutter. Er sagte, er habe Arbeit gefunden und nannte die Zeche, in der er als Kind angefangen hatte zu arbeiten.

Wenn der alte Karl etwas zuviel getrunken hatte, fing er an, mit dem lieben Gott zu reden. In der letzten Zeit mehr und mehr. Er lauschte dann, ob er etwas gesagt hatte, sah sich um, ob jemand herschaute. Nein. Also redete er noch innerlich. Solche Gespräche fingen freundlich an, endeten aber leicht in Streit.

Wenn ich dein Ebenbild bin, Gott, hast du dann auch Schmerzen? Doch wohl nicht, denn wenn du machen kannst, was du willst, wirst du nicht dumm genug sein, dir das Leben so zu versauen. Aber *mir* versaust du es, ohne mit der Wimper zu zucken. Was?

Er stand sich selber Rede und Antwort, einmal als der eine, einmal als der andere. Meistens ließ er den lieben Gott aber verlieren, indem er als Gott keine Antwort gab. Ertappt! Denn wer nicht antwortet, hat verloren.

Man muß mit allem reden, womit man umgeht. Man muß mit den Pflanzen reden und sich mit ihnen anfreunden, wenn man sie pflanzt und bei sich behält. Man muß mit dem Tee reden, wenn man ihn trinkt. Mit dem Wein, dem Brot und allen Dingen, mit denen man umgeht. Man darf sich deswegen nur mit sorgfältig ausgewählten Gegenständen umgeben. Nicht mit Kram; man muß eine Freundschaft mit den wenigen Gegenständen eingehen. Dann kommt man zurecht.

Karl hatte so im Laufe seines Lebens immer wieder einmal zwei Pflanzen, die er in Töpfen zog, mit denen ihn eine Art Freundschaft verband. So etwa seit zehn Jahren eine Agave und eine Art Kaktus, die er als ganz kleine Pflanzen an einem seiner Lieblingsplätze auf der Welt ausgegraben hatte. Er stellte sie im Sommer auf den Balkon und schützte sie im Winter vor Kälte.

Er trank Tee, wenn er in seinem Sessel vor der Balkontür saß, indem er einen Dialog mit dem Wesen des Tees einging, seine Geschichte sich erzählen ließ und sie in sich einsickern ließ. Karl hatte sehr viele Teesorten ausprobiert und etwa fünf gefunden, mit denen er besonders gut zurechtkam. Und jeder Tee war anders als ein anderer, hatte einen anderen Geist oder ein anderes Wesen und rief in Karl eine andere Veränderung hervor.

Er aß wenig, seit die Schmerzen da waren, weil er meinte, vielleicht zufällig eine der Ursachen damit zu beseitigen. Er hatte das Gefühl, nur aus

Knochen zu bestehen und Nerven, aus ungeschützten Nerven. Er brauchte nicht viel Tee zu trinken, um solche Veränderungen zu spüren, ging auch sparsam mit diesen Augenblicken um.

Er hielt den Tee eine Weile im Mund, schaute über die Dächer in die Ferne, schloß halb die Augen und vermeinte, die Erde zu schmecken, in welcher der Tee gewachsen war. Und manchmal gelang es ihm, hinauszuschweben über das Land, und alles von weit, weit weg zu überschauen. Zuschauer sein bei dem, was geschieht. Zuschauer sein auch bei den Schmerzen, die ihn befallen hatten, *sie nicht mehr als sich zugehörig* betrachten. Das versuchte er zu erreichen.

In der Stube, in der Karl auf seinem Sessel saß, stand neben der Tür des Balkons ein kleinerer, alter Tisch. Wie ärmere Leute ihn ein Leben lang bei sich stehen haben, auf dem Vorkommnisse vieler Generationen kleine Kerben eingedrückt, eingeschnitten haben, Menschenleben, aufgezeichnet von der Geburt bis zum Tod vielleicht. Mit einer Schublade, in der noch ein Fetzen Zeitung klebte aus einer Zeit, die noch vor Karls Eintritt in diese Welt lag.

Und ein alter Stuhl.

Dann ein Schrank, geschnitzt nach einfacher,

bäuerlicher Art – so gesehen, das einzige Prunkstück des Zimmers, in dem zwei, drei Jacketts hingen, wenige notwendige Dinge lagen.

Ein Stück weicher Teppich unten.

Ein paar Bücher.

Karl hatte die Angewohnheit, Bücher, die er nie wieder lesen würde, wegzugeben, zu verschenken oder auch einfach in den Müll zu werfen. Fünf oder zehn waren ihm wichtig geworden, und es waren welche darunter, die er seit Jahren immer wieder von vorn anfing zu lesen. Manchmal las er an einem Tag nur eine halbe Seite, zweimal, fünfmal und ließ die Worte in sich herumwandern.

Seit einiger Zeit duldete er nur Gegenstände in seiner Umgebung, die er brauchte. Keine Verzierungen, Nippes, Kram, Erinnerungen. Er warf auch alles weg, was ihm zufällig ins Haus gebracht wurde, er aber nicht haben wollte. Auch hatte er keine Beziehung zu Gegenständen, die beispielsweise kostbar waren und nur deswegen in jemandes Besitz sich befanden, weil sie kostbar waren. Der alte Karl hatte an den Wänden alte, billige Öldrucke hängen. Zum Beispiel einen größeren Druck mit einer Alpenlandschaft. Der Wildschütz kniet über dem erlegten Rehbock, und der Jäger mit dem Gendarm greifen bereits nach ihm. Es ist das Motiv, das über dem Bett hing, als Karl geboren wurde, und das hatte sich ihm ins Gedächtnis gegraben. Es war wohl das erste Bild von der Welt, das er sah.

Dann hingen da ein paar Gottesbilder.

Karl hatte einmal angefangen, Gottesbilder zu sammeln. Es hatte ihn, als er jung war, sehr bewegt, wie der Mensch immer wieder versucht, Gott darzustellen, jenen Gott, der von sich sagt: »Du sollst dir kein Bild und Gleichnis von mir machen.« Aber der Mensch hat wohl nichts emsiger versucht darzustellen als eben diesen Gott.

Da waren Öldrucke aus dem vergangenen Jahrhundert, vergilbt, von Holzwürmern angefressen, Löcher und Wurmgänge in Gottes Leib.

Kleine Darstellungen aus einer mexikanischen Wallfahrtskirche, in einfachstem Druckverfahren unbeholfen hergestellt.

Eine Taschen-Ikone, die Karl von einem russischen Bauern hatte. Er hatte im Wald bei Odessa einen Mann gefunden, den sie mit den Füßen nach oben an einen Baum gehängt hatten, um ihn so verhungern zu lassen, und Karl hatte ihn abgeschnitten und befreit. Was ihn das Leben hätte kosten können; denn einem Feind zu helfen, bedeutete damals unweigerlich Exekution. Der Bauer hatte ihn später im Dorf gesucht und ihm diese Ikone gebracht. Wohl das Liebste, was er hatte.

Dann waren da einige unbeholfen gemalte Jesus-Darstellungen: Hinterglas und auf Holz.

Ein aus Kistenholz gemachter Christus, den Karl von einem Mexikaner auf einem Markt für ein paar Pesos erstanden hatte.

Und einer aus Lehm, den er in einer Hütte über dem Meer gefunden hatte. Die Hütte hatte offensichtlich einem Hirten zum Wohnen gedient, der hier achtzigjährig gestorben war; das erfuhr Karl dann unten im Wirtshaus. Aus Lehm geformt, weiß gekalkt, die Dornenkrone aus Draht gedreht und das Blut wahrscheinlich von einem getöteten Tier. Es war schwarz geworden. Er hing oben in der Hütte über der Feuerstelle, war auf ein Kreuz aus Holzsplittern genagelt, ausgewaschenes Holz, wie das Meer es anschwemmt. Von einer Bananenkiste vielleicht. Ausgebleicht von der Sonne, oder Teile eines Schiffes.

Ansonsten war die Hütte fast leer gewesen. Ein paar Bilder aus illustrierten Zeitungen steckten noch an den Wänden. Das Bett, ein gewöhnlich zusammengehauenes Gestell mit Resten von Heu, war zusammengebrochen. Etliche alte Flaschen, Nägel, Bindfäden.

Dieser Christus war Karls wichtigster Besitz.

Achtzig Jahre Leben in den Bergen über dem Meer mit den Ziegen ergibt am Ende an Bedeutung nicht mehr als alle Siege Napoleons, als das Surren einer Mücke, der Flug auf die Venus oder ein paar Schmerzen im Leib! Es ging hier nur um eines – das zu begreifen.

Oder nicht?

Neben der Tür in Karls Stube hing so ein kleiner Weihwasserkessel, unförmig aus Keramik gebrannt und bemalt, in dem ein paar Vogelknochen lagen. Und der gebleichte Kopf eines Sperbers. Eine getrocknete Eidechse. Ein goldener, ausgehöhlter Käfer. Das Skelett eines Mausekopfes. Und eine Distel. Gegenstände, die keinen Gebrauchswert hatten. Magische Gegenstände für Karl, die er an Meeresstränden aufgelesen hatte, von irgendwoher mitbrachte, Jahrzehnte lagen zwischen den einzelnen Knochen.

Welcher Unterschied ist da zwischen dem Leben eines Vogels und dem eines Menschen?

Karl hatte von seinem Sessel, oben an der Balkontür, Gelegenheit, lange die Vögel zu beobachten. Mit ihnen diese kühnen Sturzflüge zu erleben, die Schwalben küßten sich in der Luft. Ein ungeheuerliches Gefühl, ein Vogel zu sein! So ein

Mensch wird wohl nie erfahren, wie es sich von innen her anfühlt, ein Vogel zu sein. Das wird ihm auch kein Drachenfliegen offenbaren.

Die Erleuchtung ist am größten im Augenblick des Todes. Karl dachte viel an den Tod; denn der Tod wäre für ihn Erlösung gewesen von unerträglichem Schmerz. Wenn die Erleuchtung dann am größten ist, dann wäre es möglich, daß man in diesem Augenblick *alles* weiß. Auch, was das Leben eines Vogels bedeutet. Möglicherweise ist die Erleuchtung auch anders zu erlangen. Auf keinen Fall aber durch fortwährenden Umgang mit Leuten.

Karl war mit seiner Einsamkeit so glücklich wie nie zuvor. Allein sterben und allein aus diesem Leben fliegen, angefüllt bis zum Rand mit den Dingen dieser Erde, und den Schmerz nicht mitnehmen müssen. Hier, diese Art, so zu leben, war ihm die wertvollste von allen Möglichkeiten, die er im Laufe seines langen Lebens ausgeübt hatte. Mit niemandem mehr reden wollen; denn es gab keine Fragen und keine Antworten mehr. Und mit der Zeit mochte es ihm auch noch gelingen, den Dialog mit sich selbst und dem lieben Gott einzustellen, weil auch da alles gesagt sein würde, was sagbar war.

Er hatte das Gefühl, auf dem Weg in seine Urheimat zu sein und diese schon zu sehen. Ein kleines Stück Wegs noch, und er würde sie erreicht haben. Dieses kleine Stück ging er langsam. Blieb dann und wann stehen und schaute zurück. Das wichtigste Stück Wegs, das ein Mensch wohl zu gehen hat und das man bewußt und glücklich gehen soll. Und allein. Er empfand auch die äußeren Umstände seines Lebens, wie sie sich zufällig ergeben hatten, als überaus freundlich. Denn in dieser Phase nicht mehr für Geld arbeiten zu müssen, ist etwas, was nur wenigen widerfährt, die wie er unbekümmert und ohne Seil gelebt haben.

Und dann kam Elia wieder. Sie stand da vor der Tür, war vier Wochen weg gewesen, lachte und sagte: »Wir müssen unbedingt sofort verreisen, Karl, alles, was hier ist, ist Scheiße. Du müßtest erleben, wie unsagbar schön das Meer jetzt ist, und der Sand und diese warmen Nächte. Du. Und alles ganz leer. Kein Mensch ist dort unten.«

Karl kannte das Meer. Das Meer war kaum noch irgendwo so, wie sie das beschrieb. Wenn ein Mädchen wie Elia zu dieser Art Meer und Sand »unsagbar schön« sagte, dann hatte sie etwas anderes erlebt als das Meer und den Sand.

Der alte Karl fing harmlos an zu fragen, und sie

erzählte: »Na ja, wir sind also losgefahren. Er ist natürlich nicht um vier gefahren, sondern in der Nacht um drei. Damit er am ersten Tag weiter kommt als vorgesehen. Wir kamen bis hinter Rÿeka. Wir hätten dort ein Schiff nehmen können, aber das war ihm zu teuer, du weißt ja, wie die Spießer sind.«

Von dort hatte Karl auch die erste Karte bekommen.

»Immer fahren, fahren, ich dachte, ich krepiere. Dann haben wir übernachtet.«

»Hast du mit ihm geschlafen?«

»Bist du beknackt! Wenn einer mal nicht mein Typ ist, dann bleibt das auch so.«

»Aber er wollte.«

»Klar. Jeder will.«

»Und war sauer.«

»Und wie. Wir fuhren also den zweiten Tag, er blieb nirgends stehen, nirgends aber auch nur eine halbe Stunde. Wir kamen bis Dubrovnik, und er war sauer wie Essig. Wir hatten einen verfluchten Krach, bis er kapiert hatte, daß ich nicht will. Dann ging's. Ich habe auf der ganzen Fahrt nichts gegessen, nur mal bei Erich etwas, wenn er wo essen ging.«

Aus Dubrovnik hatte Karl die zweite Karte bekommen, und dann noch eine von irgendwoanders her.

»Wir haben nicht geredet, kannst du dir das vorstellen, weil dieser Idiot sauer auf mich war.«

»Und was war dann so zauberhaft schön an der Reise?«

»Das kam später. Wir haben zwei Typen mitgenommen. Einen Amerikaner und einen Franzosen. Sehr dufte Jungs.«

»Der Erich fährt mit seinem peniblen Wohnwagen und einem Mädchen in Richtung Griechenland und nimmt unterwegs zwei Jungs mit, die ihm die Ferien verschönern. Das kann doch nicht sein.«

»Er wollte ja auch nicht. Sie standen da an der Straße und winkten, und ich fand sie dufte und sag zu ihm, halt an! Er aber weiter. Und ich ihm einen Krach inszeniert, daß aber echt der Rückspiegel aus dem Rahmen fiel. Und er aber weiter. So nach fünf Kilometern habe ich ihm gesagt, halte an, ich steige aus, ich fahre mit so einem Idioten keinen Kilometer mehr weiter. Und da hat er kapiert. Wir also zurück, und da standen sie also Gott sei Dank noch. Und dann wurde die Fahrt wahnsinnig schön. Der Franzose war einundzwanzig und der Amerikaner zwanzig.«

Elia war vierundzwanzig.

»Der Amerikaner hatte eine Gitarre dabei. Wir haben in der Nacht darauf oben in den Bergen, neben der Straße, übernachtet. Das waren zwei Ziegenhirten, mit denen wir ein Feuer gemacht haben, wir haben kein Wort mit denen reden können, aber das war unheimlich schön. Sie haben uns Ziegenkäse und Slibowitz gebracht, und der Jack hat Gitarre gespielt.«

»Wo habt ihr denn geschlafen?«

»Na, da oben.«

»Alle im Auto?«

»Nein, nur der Erich.«

»Und du?«

»Draußen.«

»Wie denn? Hattest du ein Zelt? In den Bergen ist es kalt. Was hat denn Erich gesagt?«

»Der war noch sauer. Er hat mir den Schlafsack nicht gegeben, den er für mich dabcihatte.«

»Du hast dann mit dem Franzosen im Sack geschlafen.«

Der alte Karl hatte diese Reise jetzt voll im Blick.

»Du hast mit dem Franzosen eine schöne Zeit gehabt.«

»Rede doch nicht so blöde.«

Sie war jetzt erst einmal verstimmt, und als Karl ihr sagte, daß sie's mit beiden, dem Amerikaner *und* dem Franzosen, gemacht hätte, war sie ziemlich sauer. Und zündete sich einen Joint an. Das löste die Spannung, und sie erzählte weiter. Sie waren dann zu viert in Richtung Griechenland gefahren. Der Franzose habe eine Figur gehabt – wie Belmondo, nur etwas schmaler, jünger!

»Ja, aber der Erich! Der kutschiert doch nicht die Frau, mit der er in Urlaub fährt, mitsamt ihren zwei Bestäubern durch Griechenland«, sagte Karl.

»Wollte er auch nicht.«

Haschisch macht friedlich, und sie erzählte jetzt, ohne sich erzürnen zu lassen. »Ich hatte mit ihm noch ein paar Kämpfe auszufechten, daß die Fetzen flogen. Wenn er die beiden rauswerfen wollte, packte ich meine Tasche und ging mit. Einmal ließ er uns stehen und fuhr weiter. Kam dann aber zurück. Du weißt ja, wie diese Scheißspießer sind. Wir kamen dann in Gegenden, wo bestimmt noch nie ein Fremder war. Du, da waren Straßen, die bestanden nur aus Steinen, Steinen, Steinen. Mit einem anderen Auto gar nicht zu machen. Zweimal mußten uns Bauern mit Stangen aus den Schlaglöchern heben. Da war dann wieder gut, daß zwei mehr dabei waren zum Schieben.

Und dann kamen wir an ein Meer, Karl, so was hast du noch nicht gesehen.«

Doch, so was hatte Karl schon gesehen.

»Ganz weißer, warmer Sand, und kein Mensch. Kein einziger Mensch, nur ein paar Hirten schlichen sich dann irgendwann an, weil wir nackt herumliefen.«

»Der Erich auch?«

»Der? Ach, der? Nein, der badete woanders. Wahrscheinlich aber mit Badehose. Du, und das Wasser warm, und ein Klima, wir haben nur draußen geschlafen. Die Nächte waren so warm, daß ich gar keinen Schlafsack brauchte. Obwohl der Erich mir ihn dann gegeben hat.«

»Er hätte euch da sitzen lassen können und allein weiterfahren.«

»Dazu ist dieser Typ Mensch doch zu spießig.«

»Mhm«, sagte Karl, »so ist das.«

»Das war eine Zeit, du, unbeschreiblich.«

»Habt ihr gekifft?«

»Wir kamen überhaupt nicht mehr raus. Die hatten beide Stoff dabei.«

»Was habt ihr gegessen?«

»Erich ging immer einkaufen. Das nächste Dorf war zwanzig Kilometer weit weg. Schotter, nur Schotterstraße.«

O Gott, dachte Karl, so stell ich mir einen Heiligen vor. In solcher Situation diese Demut aufzubringen.

»Solche Jungs an den Landstraßen haben fast alle einen Tripper«, sagte Karl, »wenn nichts Schlimmeres.«

»Du bist doch ein Scheißer«, sagte Elia, wurde sauer, und sie trennten sich im Zorn. So wie Karl sie jetzt einschätzte, bewies diese Reaktion, daß er's getroffen hatte.

Sie kam am nächsten Tag wieder. Von dem, was gestern geredet wurde, war nichts mehr da. Das hatte er an ihr am liebsten: Man zankt sich wie die Feuerteufel, zerfetzt sich bis auf die Knochen, und nach fünf Minuten ist's weg. Sie war nie nachtragend, und er auch nicht. Mit solchen Menschen kann man leben.

»Laß uns doch verreisen, Karl«, sagte sie. »Das ist doch alles Mist hier. Das Wetter, die Leute, die Stadt.«

»Diese Plätze, von denen du immer redest, erreichst du nur mit einem entsprechenden Auto«, sagte Karl. »Und meines ist kaputt.«

»Dann laß uns fliegen. Wir mieten uns dort irgendwo ein Auto, und dann fahren wir herum, bis wir so einen Strand finden.«

»Ich habe kein Geld mehr.«

Sie wußte über seine Geldverhältnisse nicht Bescheid, und er wollte sehen, wie sie dazu stand, wenn er ohne Geld war.

Wie Alain.

»Dann fahren wir mit dem Zug. Die Fahrt in den untersten Süden, durch ganz Italien, kostet von hier aus 80 Mark, Mensch, und das habe ich auch noch. Ich habe in Griechenland keinen Pfennig ausgegeben. Ich weiß auch nicht, wovon ich so dick geworden bin. Ich hab' nur mal beim Erich was vom Teller mitgegessen.«

Mit dem Zug fahren und ohne Geld, das war eine überraschende Wendung, und Karl fing an, seine Meinung über Elia zu überdenken. Mit dem Zug fahren! Er mußte die ganze Nacht darüber nachdenken. Dazu kam, daß seine Schmerzen seit drei Tagen weg waren. Möglicherweise würden sie nie mehr wiederkommen.

»Wir kaufen uns einen Schlafsack, nehmen nichts weiter mit und legen uns dort in den Sand. Man braucht dort nichts, nur einen Schlafsack.«

»Ja, ja«, sagte Karl, »man braucht dort nichts, weil der Erich alles dabei hatte in seinem Auto. Wie ungefähr stellst du dir vor, läuft das so ab? Wir fahren also los mit dem Zug.«

»Und wo wir das Meer sehen und einen duften Ort, steigen wir aus.«

»Und dann gehen wir zum einsamen Strand und legen uns hin. Und wie, meinst du, kommen wir an diesen einsamen Strand? Zu Fuß?«

»Taxi. Es gibt doch auf jedem Bahnhof Taxis.«

O Gott, dachte der alte Karl, einen so kindlichen Blödsinn habe ich in Sachen Reisen seit vier oder fünf Jahrzehnten nicht mehr gehört. Damals hatte ihn eine etwas frühreife Schönheit aufgefordert, in den Schulferien mit ihr an die Adria zu fahren. Damals war das Reisen noch keine Sache des einfachen Volkes. Er hatte, mit etwas weichen Knien, eingewilligt. Sie hatten kolossale Vorstellungen vom Meer, einsamen Fischerdörfern, wo die Fischer zum Abendbrot singen. Dazu kam, daß es für ihn die erste Reise mit einer Frau war (damals waren Mädchen für ihn Frauen, heute waren Frauen für ihn Mädchen), und es kam dazu, daß er diese Gisela liebte. Sie war eine von denen, die *er* liebte. Hier wäre also Gelegenheit gewesen, den Liebesakt auch in Liebe auszuüben. Nur ließ sie ihn nicht ran. Während der ganzen Reise nicht. Sie hatte vorher ungeheuerliche Schweinigeleien geredet, und es war für ihn außer jedem Zweifel gewesen, daß alles klarging. Unterwegs hatte sie aufklärerische Themen aufgegriffen, hatte ihm die Funktion des Eisprungs erklärt, das Berechnen der fruchtbaren Tage. War auch noch weiter gegangen, hatte ihm die Lustgefühle der Frau beschrieben, daß der Penis bei jedem Vorbeikommen den Kitzler streifen müsse. Teuflisch! Hatte sich nachts in den Quartieren auch entkleidet, hatte aber verlangt, daß er das Licht ausmache. Und dann schien der Mond durchs Fenster, und wo nicht, da waren es die Lichter der Stadt, er konnte sich nicht mehr erinnern, ob es damals schon Neonlicht gab. Und er konnte nur die Umrisse ihrer Formen erkennen. Sie ließ ihn auch etwas hinlangen. In die Nähe der Brüste. Rollte sich dann aber ins Leinentuch und sagte, sie wolle Jungfrau bleiben.

Diese Reise damals hatte er nur als Warten auf Züge in Erinnerung. Als Herumlaufen in fremden Städten, stottern, wenn sie jemanden auf der Straße nach etwas fragen wollten, denn von der Sprache wußten beide kein einziges Wort. Sie stiegen in den Städten zu spät aus, nämlich nachts. Weil beide, des Reisens ungeübt, immer so weit wie möglich an einem Tag fahren wollten.

Das Gepäck war natürlich zu schwer. Herumlaufen, ein Quartier suchen, dann in den armseligsten Bruchbuden, hoch über dem Hafen, schlafen. Unten pfiffen die Schiffe, grölten die besoffenen Matrosen. Dann, vor dem Schlafengehen, noch einmal in den Hafen hinunter, irgendwo was essen, Wein trinken und denken, wenn sie berauscht ist, wird's gehen. Denn eine kann doch nicht so reden und dann nichts damit zu tun haben wollen. Sie gingen am Puff vorbei, an Marktständen, wo man Pariser am Meter kaufen konnte. Und sie redeten nur *davon*. Dann rauf ins Bett. Und sie ließ ihn wieder nicht ran.

Das war seine erste Reise ans Meer gewesen.

Er hatte alles falsch gemacht.

Trotzdem war da ein eigenartiges Gefühl gewesen, an das er sich schon seit Jahren zu erinnern versuchte. Jede Reise ist vom Gefühl her etwas anders. Und in jeder Lebensphase reist du anders.

Der alte Mann Karl dachte, wenn er eine Reise ungefähr unter den gleichen Umständen, wie jene erste damals, noch einmal machen würde, müßte sich dieses Gefühl wieder einstellen. Er müßte auch wieder alles falsch machen, was falsch zu machen war, und diese Gelegenheit bot sich ihm hier. Wenn er Elia alles überließ, was auf dieser Reise zu geschehen hatte, würde alles so schief laufen, wie es schiefer gar nicht ging.

»O. K.«, sagte er, »wir fahren. Von mir aus auch morgen schon.«

»O Karl, das wird wahnsinnig.«

Da war wieder diese Freude, um derentwillen er vor vier Monaten die Beziehung zu ihr begonnen hatte. Es war jetzt egal, ob sie gespielt war oder echt. Für Karl ging es darum, alle seine Reiseroutine abzulegen und noch einmal das zu fühlen, was damals war. Auf den Bahnhöfen warten, auf staubigen Straßen laufen und nicht wissen, wo man ankommen wird. Abenteuerliche Quartiere beziehen und in Kaschemmen essen. Auch nachts keine Unterkunft finden, und dann mit der Situation fertig werden. Ohne Geld. Nur, daß er inzwischen die Sprache verstand und leidlich sprach, davon aber keinen Gebrauch machen wollte, alles wollte er Elia überlassen. Zumal sie nicht gerade schlecht mit dieser Sprache umging; sie war mit einem Italiener verlobt gewesen, Enrico. Er hatte irgendwo ein Gut, das seine Mutter verwaltete.

»Warum bist du nicht mehr mit ihm verlobt?«

»Laß uns nicht darüber reden.«

Wenn man eine gleiche Situation in zwei verschiedenen Lebensphasen erlebt – ob dann das Gefühl, das man dabei hat, das gleiche ist?

»Wir kaufen uns zuerst Schlafsäcke«, sagte

Elia. »Solche, wie die beiden Jungs hatten: ganz leichte.«

»Ich nicht«, sagte Karl. »Wenn du diesen Platz am Meer gefunden hast, verspreche ich dir, zwei Schlafsäcke zu besorgen.«

Dann brauchte sie drei Tage für die Vorbereitungen.

Für den alten Trapper Karl war das einfach, denn diese Art Bündel hatte er schon viele hundert Male gepackt: Taschenmesser, Bindfaden, Taschenlampe, Nähzeug, Angelkram, ohne Rute natürlich; er hatte früher oft seine Fische aus dem Meer gezogen, legte das Angelzeug jetzt aber weg, es gab keine Fische mehr im Meer. Er hatte noch bis vor fünf Jahren das Meer an den erreichbaren Küsten mit dem Schnorchel abgesucht. Da gab es schon lange keine Fische mehr.

Ein Hemd zum Wechseln, Unterhosen, die gleichzeitig Badehosen waren, von Eminence. Keine Socken. Er trug Sandalen. Sollte es kalt werden, kosteten Socken nicht viel mehr als ein Pfund Tomaten. Eine dünne Hose; denn das war ihm öfter passiert: Die Hose wird naß im Regen oder vom Wind ins Wasser geweht, zerreißt von oben bis unten, oder sie wird total vom Wein durchnäßt. Hosen kannst du nicht so leicht kaufen, und schon gar nicht, wenn man ohne Hose in den Laden gehen muß. Und eine Regenhaut. So klein, daß sie in der Jackentasche Platz hat. Du kommst am Bahnhof an, und es gießt in Strömen, was machst du dann? Hast deinen Mantel, alter Junge!

Elia packte ihren Kram nach eigener Auffassung, es war viel mehr. Da waren vor allem Schminkgegenstände. Zwei Bücher. Drei Kleider.

Karl hatte einen alten Beutel von irgendeiner Armee, ein Bindfaden war noch drin. Das letzte Mal hatte er ihn vor zwanzig Jahren benutzt.

Er zog eine alte Jacke an, Schlabberhosen, weit und ausgebeult, sie hatten ihm noch nie gepaßt. Das entsprach auch der Mode heute: so weit, so schlecht geschnitten und so verbeult wie möglich. So liefen Millionäre herum!

Das Aussuchen des Zuges, das Festlegen der Reiseroute hatte Elia übernommen, und sie erreichten den Zug nur noch mit Rennen und Aufspringen. Sie waren eine halbe Stunde früher hingegangen, um gute Plätze zu finden, aber sie hatte sich in der Zeit um 35 Minuten getäuscht.

Achtundzwanzig Stunden Fahrt bis zum nächsten Hafen, von dem aus sie ein Schiff nehmen wollten.

Der Zug war gegen sechs am Abend abgefahren, das Wetter war bestens, die Sonne schien, es war Oktober; Karl wußte, daß das Meer und der Sand um diese Zeit nur noch selten sehr warm waren. Über seinen Einwand in diesem Punkt hatte Elia gelacht. »Das mußt du *mir* sagen! Ich war doch vor zwei Wochen erst da unten, Mensch.«

Der erste Teil der Fahrt war schön; denn sie waren in fabelhafter Stimmung. Im Abteil saßen Ausländer, was der alte Karl sehr gern hatte. Sie reden und reden, das ergibt einen Singsang und bedeutete nichts, weil er es nicht verstand.

Karl trank Bier, um sich zu ermüden, und Elia holte ihren Joint aus der Tasche. Sie ging in den Gang, denn es gibt Schaffner, die den Geruch kennen, das hätte Ärger geben können.

An der Grenze stiegen die Ausländer aus. Sie hatten das Abteil für sich. Elia redete nicht viel, und so gesehen, war sie ihm eine der liebsten Frauen, die er gekannt hatte.

Karl war seit Jahren nicht mehr mit der Eisenbahn gefahren. Es war ihm immer schade um die Zeit gewesen. Aber seit er diese Schmerzen hatte, hatte Zeit für ihn eine andere Bedeutung. Es spielt keine Rolle, womit er sie zubrachte. Seit er sie Sekunde für Sekunde so bewußt durch seine Finger rieseln ließ, konnte er das an jedem Ort und fast unter allen Umständen – nur spüren wollte er sie. Und hier in der Eisenbahn, mit diesem gleichmäßigen Tackatatackatatackata... schien ihm die Zeit besonders langgezogen zu sein. Und das hatte er gern: das Bewußtsein, die Zeit strecken zu können. Unbegreiflich war ihm, wenn jemand die Zeit vertreiben wollte. Wie das Wort Zeitvertreib überhaupt zum Wortschatz eines Menschen gehören konnte. Die Zeit, eine Erscheinung dieser Welt, die unwiderruflich mit jeder Minute verlorengeht, die man nicht kaufen, nicht halten kann (nach der Erfahrung, die dem Menschen bisher zur Verfügung steht), diese kostbare Zeit versucht man zu vertreiben.

Karl hatte, als er jünger war, manchmal zwei Nächte nicht geschlafen, um die Zeit an sich vorübergehen zu spüren. Er hatte dann auf Bänken gesessen, auf Treppen, hatte die Zeitungsträger beim Morgengrauen gesehen, die Müllmänner, die ersten Arbeiter und die Sonne aufgehen.

Die Tage, an denen er die Sonne hatte aufgehen sehen, waren seine besten gewesen. Es gab Monate, an denen er mit Sonnenaufgang aufstand, dann aber nichts tat, damit er mehr Zeit hatte.

Karl konnte nicht schlafen, was ihn nicht

störte. Wenn er nicht schlafen konnte, dann schlief er halt nicht.

Elia lag da auf der Bank in ihrem steinernen Schlaf, wahrscheinlich heißt es deswegen auch *stoned*.

Er schlief dann in später Nacht noch zwei Stunden, war aber froh, daß er bei Sonnenaufgang wieder aufwachte. Die leeren Bahnhöfe im Morgengrauen mit ein paar verschlafenen Menschen, und die ersten Lichter in den Häusern brachten ihm etwas vom Gefühl früherer Zeit zurück, das er vergessen hatte. Wenn er zum Arbeiten fuhr, als er fünfzehn war. Weit weg vom Bahnhof wohnte er, eine Stunde mußte er zum Bahnhof laufen. Bei jedem Wetter und zu jeder Jahreszeit. Und das Warten auf dem Bahnsteig und das Frieren. Die überheizten Eisenbahnabteile, und dann wieder raus in die Kälte, eine halbe Stunde Weg zur Fabrik. Jetzt, im nachhinein, waren das kostbare Tage. Eben wegen jener Sonnenaufgänge und dieser Stimmung im Moor, die es anderswo so eigenartig schön gar nicht gibt. So eine Lautlosigkeit, die Vögel singen ja dort kaum, nur ab und zu ein Fiepen. Das hatte er danach nicht wieder erlebt.

Als Elia aufwachte, hielt der Zug in der ersten größeren Stadt. »Kannst du mal sehn, Karlchen, ob es da irgendwas zu essen gibt. Schinkenbrot oder so.«

Er trank zum Frühstück Bier, hatte herausgefunden, wenn er viel Bier trank, blieben die Schmerzen meist weg.

Es stiegen wieder Leute ein. Sie mußten sich auf den Tag einrichten, wurden dann nach zwei Stunden munter.

»Kennst du den Gardasee?«

»Ja.«

»Warst du da oft?«

»Nein. Sechs, sieben Mal.«

»Mit dem Auto?«

»Mhm.«

»Allein?«

»Nein, mit einer Freundin.«

»Was habt ihr da gemacht?«

»Sie kannte dort einen Macker mit einer Villa. Ein irres Haus. So um neunzehnhundert.«

»Hatte sie was mit dem?«

»Na, klar.«

»Und du.«

»Na, das läßt sich doch wohl nicht vermeiden, Mensch. Wenn man dort sechs Wochenenden lang wohnt.«

»Italiener?«

»Nein. Irgend so einer aus Düsseldorf.«

Pause.

»Ich kann ja die Italiener auf den Tod nicht ausstehen«, sagte Karl.

»Na, die sind aber tausendmal besser als die Düsseldorfer mit ihrem widerlichen Dialekt.«

»Die Italiener sind für mich das ordinärste und unkultivierteste Volk der Welt«, sagte Karl. »Kultur fängt an mit dem Akt der Distanz. Es gibt nichts Penetranteres als die Italiener in ihrem Umgang mit Fremden und anderen. Der ärmste Asiate, der in seinem Leben nicht mehr als seine zweihundert Dorfgenossen gesehen hat, ist kultivierter als so ein gänzlich unbekümmerter Italiener.«

»Du weißt was über Italiener, Mensch!« Elia kochte schon leicht, sie würde gleich hochgehen wie ein Vulkan. »Du hast die Italiener doch bloß auf der Straße gesehen, woanders kommst du gar nicht hin.«

»Aber du schon.«

»Und ob, und ob. Ich war immerhin zwei Jahre mit einem Italiener verlobt. Und zwar aus anderen Kreisen, als du sie kennst.«

Karl wartete etwas, bis sie sich beruhigt hatte. Sie zündete sich eine Zigarette an, was die Wogen immer etwas glättete. Er wollte mehr wissen. »Was war das für einer?«

»Halt so einer.«

»Was hat er gearbeitet?«

»Nichts. Er war Architekt. Brauchte nicht mehr zu arbeiten. Sie hatten ein Gut, das Land ringsum gehörte ihnen, das war verpachtet. Die Mutter verwaltete alles. Er fuhr so alle fünf Jahre mal hin.«

»Wie alt?«

»Zweiundfünfzig.«

»Warum bist du nicht mehr verlobt?«

»Das wurde mir zu brenzlich. Er wollte mich festhalten, er fing an, mich mit Geschenken zu überschütten, nicht die billigsten, das kannst du aber glauben. Mein ganzer guter Schmuck ist von ihm.«

Karl war aufgefallen, daß sie zwei Sorten Schmuck hatte: einmal diesen billigen, aber sehr schönen arabischen Zigeuner-Blech-Schmuck, den man sich pfundweise um den Hals und die Hände bindet. Und dann diese Art Pforzheimer Qualitätsgold, das *bleibende Geschenk für jede Gelegenheit*. Aus Gold-Discount-Läden. Sie hatte auch eine Patek-Uhr, circa 3000 Mark.

»Die Uhr auch?« fragte Karl.

»Nein.«

»Hast du die selbst gekauft?«

»So blöd müßt ich sein.«

Karl ließ noch ein paar Kilometer vorbeisausen. Sie beruhigte sich immer schnell und war nicht nachtragend.

»Guck dir doch mal das *stiling* an bei den Italienern«, sagte sie. »Das ist einfach einmalig auf der ganzen Welt. Ob es um Autos geht oder Schreibmaschinen. Und die Mode. Die Kunst, die Architektur. Und was ist mit diesen unendlich vielen Kultursachen, Kirchen, Palästen?«

»Die Taten der Väter sind nicht die Taten der Söhne, und es gibt nirgends eine so armselige, widerliche Architektur wie in Italien.«

»Dann hast du eben keine Ahnung.«

Wieder Feuer auf dem Dach.

»Du warst eben nicht in den richtigen Kreisen.«

»Für mich zählt das Volk dort, wo ich es sehen kann, und das ist auf der Straße.«

»Ja, genau da paßt du auch hin.«

Der alte Karl war nicht verletzbar. Was sind schon Worte.

»Hast denn du jemals diese ungeheuerliche Eßkultur erlebt?« Sie geriet jetzt in Ekstase. »Da wird aufgetischt und aufgetischt, ein Gang nach dem anderen, und da wird nicht auf das Geld geschaut. Da wird von allem nur ein bißchen genippt, meistens gar nicht gegessen, und der Rest wird abgeräumt. Perdu!«

»Und das ist für dich Kultur? Mann, o Mann.«

»Und wenn gereist wird, dann wird in den besten Hotels gewohnt und nicht in einem Zimmerchen, Mann! Wenn wir in Rom waren, haben wir wochenlang in einem der besten Hotels eine Suite mit Dachgarten bewohnt, das kannst du aber glauben. Und da redest *du* von Unkultur.«

»Woher hatte er das Geld?«

»Ist doch nicht mein Problem.«

»Von seinem Gut. Von dem verpachteten Land. Von den armen Schweinen, die vor Hunger krepieren, weil die Pacht höher ist als der Ertrag. Dieser verfluchte italienische Adel, wo seit Generationen keiner mehr auch bloß mit einem Finger gearbeitet hat und...«

Der alte Karl geriet selten noch in Wut, er sah es nicht mehr als seine Sache an, Partei für jemanden zu ergreifen. Er bereute sofort, hier etwas gesagt zu haben. Das verdarb nur die Stimmung und brachte nichts.

»Na, du mußt es ja wissen«, sagte sie spitz und ging auf den Gang hinaus.

Architektur! dachte Karl. Seit dem letzten Kriegsende gibt es eine italienische Architekturzeitschrift, die raffiniert verzerrte Fotos von sogenannter moderner Architektur bringt. Kahle Hauswände mit einem nichtssagenden, funktionslosen Mauervorsprung, einer überdimensionalen Dachrinne, mit dem Weitwinkel fotografiert, wodurch die Situation ins Unerkennbare verzerrt wird. Eine Marotte von Nachwuchsästheten und Geschmackschaoten: Weitwinkelfotos!

Damals nach dem Krieg war das die erste Zeitschrift dieser Art, man lechzte hier nach Informationen aus dem Ausland. Hatte kein Geld, sich am Objekt zu informieren, Reisen war damals nicht gang und gäbe. Architekten kamen hier aus allen Löchern wie Mäuse auf dem Kartoffelfeld und fingen an zu bauen und zu bauen. Äfften diesen verzerrten Stil nach, bedachten nicht die Weitwinkelwirkung dieser dämlichen Fotos, und was dann daraus wurde, steht jetzt überall herum: unbewohnbar und die Umwelt verschmutzend. Und das sind die Italiener, dachte Karl.

Als sie auf einem größeren Bahnhof längeren Aufenthalt hatten, holte er Bier, für Elia einen halben Liter Wein und Brot mit Schinken.

Sie nahm sofort den Schinken vom Brot, ließ das Brot für Karl, lachte dabei und sagte: »Haha, siehste, das hast du davon.«

Aber dann war wieder Frieden im Abteil.

»Fährst du viel in der Welt herum?« fragte Karl.

Im Abteil waren nur eine ältere Frau und ein Mädchen.

»Ja.«

»Wo warst du denn zuletzt?«

»Weißt du doch. Griechenland.«

»Und davor?«

»Davor, davor? Hm. Afrika.«

»Allein?«

»Ich fahre immer allein.«

»Du bist allein nach Afrika gefahren? Einfach so, das kann ich mir nicht vorstellen.«

»Na, da glaub's halt nicht.«

Die ältere Frau mit dem Mädchen stieg an der nächsten Station aus.

»Erzähl doch mal genau«, sagte Karl.

»Na, ich bin einfach hingeflogen und habe mich drei Monate im Land herumgetrieben.«

»Wo denn?«

»Von Kairo bis Johannesburg.«

Wenn sie so ungern erzählte, dann war die wahre Geschichte immer anders, als sie es sagen wollte, das hatte er inzwischen schon herausgefunden.

Der alte Karl hatte das gern, wenn die Zeit sich dehnte, und je länger sie ihm erschien, um so lieber war ihm das. Der Zug fuhr jetzt endlos lange Strecken ohne Stationen. Das Land war noch hügelig und dann flach und unbewohnt. Am Meer entlang.

»Du gingst zum Flughafen, hast ein Ticket genommen: einmal Kairo«, sagte Karl, »und los?«

»Mhm.«

»Hattest wenig Gepäck.«

»Bloß meine Tasche.«

Sie hatte in ihrem Appartement etliche kostbare Reisetaschen, das fiel auf. Wie sie nur Luxus-Leute kaufen können.

»Woher hast du denn diese Taschen?« hatte er einmal gefragt.

»Die von Enrico, die aus London und die anderen weiß ich nicht mehr.«

»Und du kamst also in Kairo an, allein. Was hattest du denn an?«

»So ähnlich wie jetzt.«

Sie trug diesen Zigeuner-Look. Weite Röcke, zwei übereinander, dünne Blusen, Tücher, möglichst viele, und Silberblechschmuck.

»Und du kanntest dort keinen, überhaupt niemanden?«

»Keinen einzigen Menschen.«

»Das imponiert mir kolossal«, sagte Karl. »Und du bist dann vom Flughafen mit dem Bus in die Stadt gefahren?«

Auf so langen Strecken kann man schon ausführlich reden.

»Hmhm. Mir hatte einer eine Adresse von einem in Kairo gegeben, der hat mich geholt.«

Sie hatte jetzt ihren halben Liter Wein ausgetrunken, zündete sich wieder einen Joint an. Jetzt kam eine Phase, wo sie etwas mehr erzählen würde, danach würde sie träge und müde werden.

»Und dann?«

»Dann war ich eine Woche in Kairo.«

»War's schön?«

»Na, Mensch, das kannst du aber glauben. Eine Woche haben wir im Ritz gewohnt, aber wie, du! Ich hatte meinen Chauffeur, ich hätte haben können, was ich wollte. Aber du weißt ja, wie blöd ich bin. Ich wollte nichts, ich wollte weiter.«

»Also hast du dich in die Bahn gesetzt und bist einfach losgefahren.«

»Nein, in den Bus.«

»Ohne Ziel?«

»Nein, ich wollte zum Roten Meer.«

»Mann, o Mann«, sagte Karl, »und das traust du dich. Du kanntest doch dort niemanden.«

»Keine Menschenseele.«

»Kamst also an, bist ausgestiegen und ans Rote Meer gegangen.«

»Mich hat einer abgeholt. Wir hatten von Kairo angerufen.«

»Ein Araber?«

»Franzose. Fotograf, der seinen ganzen Plunder eines Tages hingehaun hat. War Spitzenfotograf in Paris, hat hier ein Restaurant aufgemacht. Wenn er wollte, ließ er's laufen, wenn er keine Lust hatte, machte er zu und führte ein Leben wie im Paradies.«

»Hast du bei dem gewohnt?«

»Ja.«

»War schön?«

»Na du, das kannst du aber annehmen.«

»Wie sah er denn aus?«

»So um die dreißig. Wie ein Gott. Schwarzer Bart, braun, fast wie ein Neger, und blaue Augen.«

»Selten bei Franzosen«, sagte Karl.

»Wir haben gefressen, und er hatte die beste Küche und die besten Weine, die du dir denken kannst. Und immer, immer schien die Sonne.«

»Was für ein Haus? Stand es am Meer?«

»Eine Hütte, so eine einfache Hütte mit einem Boot direkt am Wasser.«

»Hat er gefischt?«

»Na, und was er für Dinger rausgeholt hat, Mann.«

»Hat er gekifft oder so?«

»Nein.«

»Erzähl doch mal was von ihm«, sagte Karl, er hörte gern Geschichten von solchen Jungs.

»Ach, da gibt's nichts zu erzählen. Mach's doch nach!«

»Na gut«, sagte Karl, »und dann bist du weitergefahren. Hat er dich weggebracht? Oder mit dem Bus?«

»Nein. Manchmal fuhr ich mit dem Bus und manchmal auch so.«

»Wie *so*?«

»Na, mit Range-Rover oder einem Auto.«

»Und von da weg beispielsweise?« fragte Karl.

»Von da? Wurde ich abgeholt.«

»Von wem?«

»Irgend so einem Farmer.«

»Kanntest du den?«

»Nein. Der Typ kannte ihn.«

Sie fing schon an, wegzusacken, sagte noch, daß

sie auch auf Safaris gewesen sei, und dann schlief sie ein. Und Karl ließ die Landschaft an sich vorbeifliegen und dachte daran, daß jedes Tackatatackata der Räder ihn unweigerlich dem Tod entgegenfuhr.

Er versuchte, nicht zu schlafen. Die wenige Zeit, die ihm noch blieb, wollte er wach sein, und er sog die Bilder in sich auf, als sähe er alles zum erstenmal. Er versuchte jetzt, das Gefühl wieder heraufzuholen, das er damals hatte, bei jener ersten Reise.

Aber da war nichts. Es fiel ihm nichts mehr ein, es war anders gewesen, voller Neugier und Spannung; denn alles, was sich damals ereignete, von der Ankunft in einer Stadt bis zu den Nächten in den Quartieren, war es in jeder Stunde anders gewesen, als er es sich vorgestellt hatte. Aber jetzt wußte er alles im voraus. Alles lief folgerichtig ab, er konnte von jedem Vorgang und jeder Situation schon bald die Folgen kommen sehen. Das war anders geworden.

Hatte er zurück in die Vergangenheit fahren wollen? Zurück in eine Zeit, die es nicht mehr gab?

Vielleicht befindet sich jeder immer auf der Reise zu dem hin, was war. Und kommt nie dort an. Eine Tragik, die nur dem Menschen vorbehalten ist und ihn so leicht unglücklich macht. Vielleicht kommt er an im Augenblick des Todes, wenn der Kreis seiner Zeit sich schließt. Er kommt an bei dem, was war, aber von der anderen Seite her. Genau von der anderen Seite her; der alte Karl hielt das für eine Erkenntnis.

In der letzten Zeit war er oft davon aufgewacht, daß er weinte. Er träumte von dem Ort, in dem er geboren wurde. Von den dreckigen Häusern, und er konnte sie in diesen Träumen riechen. Diesen Geruch hatte er nie vergessen: Dreck, Hühnerscheiße und Kohlenqualm. Vom Regen ausgewaschene Ziegelwände der Häuser, wo die Erde unten in heißen Sommern ausgetrocknet und staubig war und die Hühner und Spatzen sich drin wälzten, und er saß wieder mittendrin.

Er träumte von seinen Kameraden damals. Sie waren Kinder, und waren es nicht. Da war ein gewisser Enta Zebullok, ein in der ganzen Straße gefürchteter Raufbold, der vorwiegend kleinere Kinder zu Boden schlug, ihnen in den Leib und ins Gesicht hackte, ein Hilfsschüler, Analphabet. Seit der alte Karl furchtlos geworden war, weil der Schmerz ihn möglicherweise in eine Todessehnsucht geführt hatte, träumte er öfter von diesem

Lümmel. Der kam auf ihn zu, mit geballten Fäusten, langsam, um sich an der Angst des kleinen Karls zu weiden. Karl ging ihm jetzt aber entgegen, ohne eine Spur von Furcht. Er wußte, daß er nur mit der Hand über ihn fegen müßte, und der ginge zu Boden. Und dieser Enta kuschte. Versuchte sich in jovialem Anbiedern, stotterte auch noch: »I-i-ich lalaß dich in meinem Fiat fafafahrn, wenn du mir dadadein Auto gibst.«

»Mein Auto ist zu stark für dich«, sagte dann Karl. »Du bist den Fiat gewöhnt, gehst aufs Gas und sitzt in der Hauswand.«

»Abeabeaber, wenn du willst, kakakannst du meinen Fiat a-a-a-auch mal so probieren.«

»Nein«, hatte der alte Karl im Traum gesagt, »ich kenne den Fiat fünfhundert.«

Träume – wie die eines Kindes.

Er hatte im Laufe seines Lebens die Intellektuellen immer mehr und mehr abgelehnt, war ihnen aus dem Weg gegangen und näherte sich jetzt wieder den sogenannten einfachen Menschen, unter denen er aufgewachsen war. Saß im Abteil lieber zusammen mit Arbeitern oder Bauersfrauen. Was diese Intelligenzler quasselten, hatte sich im Laufe seiner langen Zeit als falsch erwiesen. Mumpitz, Talmi, aufgebauschter Bluff, der mit dem Leben nichts zu tun hat. Dummstudierte, nicht imstande, eine Aussage in einen einfachen Satz zu fassen. Nur wenige von ihnen brachten noch den Verstand auf, wieder ins Leben zurückzufinden.

Auf dieser Strecke gab es nicht viele Reisende. Der Oktober ist kein Touristenmonat, zudem fahren Touristen nicht mit der Bahn. Er war mit Elia meist allein im Abteil.

»Wo sind wir, Karl?« Sie legte den Kopf wieder auf die Seite und schlief weiter.

Es wurde finster, es wurde zehn Uhr, aber vom Zielbahnhof war noch keine Spur. Der Zug hatte offensichtlich Verspätung. Und als sie schließlich ankamen, war es zwölf. Elia war seit einer Stunde wach, redete aber nichts. Der Zielbahnhof war dreckig und leer. Ein Hafenbahnhof. Von hier zum Hafen fuhr man mit einer anderen, kleineren Streckenbahn, die heute aber nicht mehr fuhr.

Sie fanden bald heraus, daß das erste Schiff auf die Inseln um sieben Uhr abfuhr. Natürlich vom Hafen, aber zum Hafen fuhr man etwa eine Dreiviertelstunde. Sie mußten also spätestens um sechs Uhr mit der kleineren Bahn von hier weg, das hieß, ein Hotel in der Nähe der Abfahrstelle finden und etwa um fünf Uhr aufstehen.

Bis sie das herausgefunden hatten, war es eins.

»Wir müssen unbedingt morgen das erste Schiff nehmen«, sagte Elia, und ihre Stimmung war noch euphorisch. »Wenn wir erst mal auf den Inseln sind, legen wir uns in den Sand und machen uns ein Leben, Karl, du. Enrico hat gesagt, diese Inseln sind überhaupt das Schönste, was es auf der Welt gibt. Du kannst annehmen, daß der was vom Leben versteht.«

Sie wollte ein Taxi nehmen, dem Taxifahrer sagen, man suche ein ruhiges, aber billiges Zimmer. Wenn ein Teil des aufzubringenden Geldes ihr gehörte, waren ihre Gewohnheiten anders.

Karl sagte, daß es sich um ein Wunder (miracolo) handeln müßte, wenn man in Italien nachts um eins einen Taxifahrer fände, der einen nicht zum teuersten Hotel der Stadt brächte, weil er dort seine Prozente bekäme, und das auf einem Umweg durch die halbe Stadt.

»Also gut, gehen wir los«, sagte Elia.

Sie fanden ein Quartier. Sie mußten die Besitzerin aus dem Bett holen. Das Zimmer läge ruhig, nämlich im Lichtschacht. Und es war in der Tat so ruhig wie ein Grab. Sie bezahlten im voraus. Um fünf wollte die Signora sie noch nicht wekken, da schliefe sie noch.

Den Schlüssel solle man stecken lassen. Ob sie hinüber auf die Inseln wollten? fragte sie.

»Si. Welche ist denn die schönste? – La piu bella?« fragte Elia. Nach und nach fiel ihr wieder ihr Italienisch ein.

Die Signora nannte eine der Inseln, sagte, da sei es so schön, daß die Leute aus aller Welt hinkämen.

Noch bevor sie ins Bett gingen, fing oben im Zimmer (oder in der Wand oder unten im Zimmer oder sonstwo) ein Wasserhahn zu tropfen an. Mit solch penetranter Lautstärke und Gleichmäßigkeit, daß man verrückt werden konnte. Karl ging hinaus, wollte noch die Frau erwischen, aber sie war weg. Das Hotel war finster und die Tür nicht ausfindig zu machen, wo sie schlief.

In der Nacht schlief Elia wie eine Ratte, so fest. Der alte Mann Karl wurde von dem Tropfen gefoltert, schlief dann doch noch ein und wachte viel zu spät auf. Sie rannten, halb angezogen, los zum Hafen, ohne Frühstück, seine Knie fingen an zu schmerzen, und sie sahen das Schiff in der Ferne verschwinden.

»Dann können wir wenigstens frühstücken«, sagte Karl, »denn auf den kleinen Schiffen gibt es nichts, die Fahrt dauert zwei Stunden.«

Das nächste Schiff ging um neun. Eine gute Zeit. Es ist dann nicht mehr so kalt.

Zwei Stunden im Hafen sitzen, auf einem Blechstuhl vor einer Café-Bude. Cappuccino. Viel zu süßes Backzeug. Granica. Granica ist Zitronenwasser mit Zucker, das man in Eis so lange rotieren läßt, bis es halbgefroren ist.

Die Stimmung war gut.

Karl sah gern in den frühen Morgenstunden zu, wie im Hafen gearbeitet wird. Elia rauchte ihren ersten Joint.

»Wie viele hast du eigentlich mit?«

»Für etwa drei Wochen.«

»Und dann?«

»Wird es sich ergeben.«

Die Sonne schien noch sehr warm.

Auf dem Schiff war es aber besser, in das geschützte Zwischendeck zu gehen, der Wind war zu kalt. Die zwei Stunden vergingen schnell, und als sie die Insel sahen, war Elia schon selig. Karl sah schwarze Felsen, Gestein. Die Insel bestand aus erloschenen Vulkanen. Er hatte lieber hellen Sand und große, weite Strände, an denen man stundenlang laufen konnte.

Der Hafen war klein, die Mole für größere Dampfer zu klein.

In dem Café, gleich am Hafen, waren etwa die Hälfte der Tische besetzt. Die Saison war vorbei, und wie sie bald feststellten, waren alle Fremden dort versammelt, weil dieses Café sozusagen den Mittelpunkt bildete. Der Hafen war der Ort, wo sie sich jeden Tag, wenn die drei Schiffe ankamen, versammelten; denn außer hier war die Insel kaum begehbar. Wollte man woanders baden, mußte man ein Boot mieten. Es gab zwei Hotels, das eine war am Hafen und voll besetzt, das andere zwanzig Minuten zu Fuß entfernt, und die Zimmer kosteten soviel wie in einem Dreisterne-Hotel in einer mittleren Großstadt.

Hätten sie länger in diesem Hotel wohnen wollen, wäre das Geld, das sie zusammen mithatten, in genau sechs Tagen weg gewesen. Ohne etwas zu essen.

»Wir bleiben eine Nacht«, sagte Elia, »duschen und waschen uns, denn wer weiß, wann wir das das nächste Mal können, und suchen uns morgen so eine dufte Stelle am Strand, wo wir im Schlafsack... Siehst du, da haben wir's schon. Du bist daran schuld, daß wir keine Schlafsäcke haben.«

»Schlafsäcke gibt es im Laden unten am Hafen. Nur gibt es hier nicht diesen Strand.«

»Du bist ein Miesmacher.«

Das Zimmer ging auf einen Balkon hinaus, der etwas über der Erde lag und von dem aus man in einen tropischen, etwas verkommenen Garten sehen konnte. Da wuchsen Weintrauben an niedrigen Reben und Feigen.

In der Tat könnte man hier gut eine Weile wohnen, dachte Karl. Nur sitzen und den lieben Gott einen guten Mann sein lassen, bis es genug ist.

Das Hotel war verkommen. Auf dem Boden in den Zimmern lag Sand, auch Dreck, und wenn man genauer hinsah, hier und da eine Haarnadel oder Kippe. Irgendwo hinter dem Zaun des Gartens spielte Musik. Discosound. Die Länder haben ihre Eigenheiten verloren, die Welt ist weitgehend nivelliert.

»Wir müssen schnellstens zum Strand«, sagte Elia. »Ich brauch' das Meer, Sand, Luft, Sonne. Oh, Karl!«

Es gab einen Strand, der zum Hotel gehörte und den jemand unten beim Hafen als den schönsten der ganzen Insel bezeichnet hatte: Sand.

Drei Minuten zu Fuß zwischen Kakteen und Feigenbäumen, auf einem steinigen Weg. Da lagen noch die Plastikabfälle der Saison. Eisbecher, Limonadetüten, Coca-Cola-Büchsen, Sandalen.

Der Strand war ein schmaler Küstenstreifen aus

schwarzem Sand, etwa vier Meter breit und dreißig Meter lang. Das Meer war dreckig.

»Das Meer ist aber dreckig«, sagte Elia.

»Das ist kein Dreck«, sagte Karl. »Alle vulkanischen Inseln haben schwarzen Sand und der liegt auch unter dem Wasser. Dadurch sieht das Wasser schwarz aus.«

»Und der Schaum?«

»Ist Dreck.«

Es waren für diese Jahreszeit viel zu viele Leute da, der Abstand zwischen den einzelnen Gruppen, die da lagen, saßen und ihren kleinen Sport trieben, betrug kaum mehr als zwei Meter. Nur wenn man bedachte, daß dies der einzige Sandstreifen auf der Insel war und sich alle Badelustigen sozusagen auf einen Haufen versammelt hatten, ging's wieder.

Die Leute waren nervös und schlecht gelaunt, denn es war nicht gerade warm. Das hatte sich auch auf die Kinder übertragen, sie plärrten, prügelten sich und nörgelten.

Eine verdammt schlechte Stimmung.

»In *das* Wasser geh' ich nicht«, sagte Elia.

Sie zündeten sich eine Zigarette an, der Sand unten war feucht, und das zog in den Arsch.

»Wer hat denn gesagt, daß das die schönste Insel der Welt sein soll?« fragte Elia. Gereizt, nervös, zum Streiten aufgelegt.

»Enrico«, sagte Karl.

Haßblick.

Karl konnte seit zwei Jahren nicht mehr schwimmen, weil in kaltem Wasser seine Knie schmerzten, seine Hände schmerzten und sein Leib schmerzte. Als das anfing, konnte er damit nicht so leicht fertig werden, denn er war ein begeisterter Langstrecken- und Lustschwimmer gewesen.

»Du meinst, da ist kein anderer Strand mehr?«

»Nein.«

Sie blieben hier etwa zehn Minuten sitzen, fühlten sich dreckig, als sie aus dem feuchten Sand aufstanden, und Elia sagte: »Wie gut, daß wir wenigstens ein teures Zimmer haben. Ich muß dringend duschen.«

Es gab kein warmes Wasser.

»Geh doch hin und schlag Krach«, sagte sie, »das Zimmer ist teuer genug. Du hättest mal sehen sollen, was Enrico denen für einen Tanz aufgeführt hätte.«

»Er kann ja auch italienisch«, sagte Karl, »ich nicht«.

»Alain kann jede Sprache. Er kommt in ein

Land und kann nach einer Woche perfekt die Sprache.«

Alain sprach französisch mit hebräischem Akzent, weil er dort aufgewachsen war. Hebräisch mit französischem Akzent, weil er es nur mit seinen Eltern während seiner Kindheit in Paris und sehr selten sprach. Englisch so, wie die Franzosen es sprechen, nämlich kaum zu verstehen. Und deutsch mit französischem Akzent, was sehr schön klang und deswegen Karl sich auch mit ihm angefreundet hatte.

Karl konnte sich in sieben Sprachen verständigen, sprach aber keine perfekt. Deswegen redete er auch nie davon.

»Was kannst denn du überhaupt?« sagte sie.

Karl war nicht zu reizen, sie waren wahrscheinlich zu früh aufgestanden, hatten dann nicht gefrühstückt, hatten rennen müssen, das macht nervös.

Es war später Nachmittag geworden. Sie gingen zum Hafen und kauften in dem einzigen Laden Wein, Brot, Käse, Schinken, Oliven, Obst. Vielleicht war von diesem Tag noch etwas zu retten. Sie gingen zurück, trugen den kleinen Tisch auf den Balkon, außer ihnen war kein Mensch hier unten, und sie breiteten das Mahl aus.

Die Sonne stand inzwischen über den Feigenbäumen, es war warm, denn der Garten war windgeschützt und trocken. Die Sonne schien direkt auf den Balkon, das gab eine gute Stimmung. Ein Vogel sang; in Italien singen selten Vögel. Weil sie hier alle Vögel auffressen, dachte Karl.

Das konnte ein Schlemmermahl werden. Der Wein war von der besseren Sorte, das Brot noch frisch. Elia schob sich wie sonst auch erst einmal den guten Schinken herüber und machte sich ihre Portionen. Goß sich den Wein ein, trank in großen Zügen. Karl aß wenig und trank fast nichts. Aber er trank so viel, daß auch er eine weinselige Stimmung bekam. Er hörte die Vögel singen, wärmte sich in der Sonne. Die Musik hinter dem Zaun störte nicht. Sie hatten gesehen, daß dahinter eine Bar mit einer offenen Tanzfläche war, außer dem Barjungen aber kein Mensch.

»Wir könnten heut nacht einen draufmachen«, sagte Elia.

»Mhm«, sagte Karl, »nichts dagegen.«

Es schien wieder alles in Ordnung zu sein. Sie hatte die halbe Flasche Wein geleert, freute sich auf ihren Joint nach dem Essen und streckte die Beine über die Balkonbrüstung.

»Warst du eigentlich mal verheiratet oder hast

du länger mit einer Frau zusammengelebt, Karlchen?«

»Mhm.«

Die Stimmung war also doch nicht gut. Zwischen Langeweile und Spannung, wo man zu reden versucht und auf einen Streit hinsteuert. Das hatte er nicht gern und versuchte es zu vermeiden.

»Sag doch mal!«

»Nein«, sagte er. »Ja.«

»Ich möchte auch mal heiraten und zwei Kinder haben. Und Freunde, eine große Wohnung, das find' ich schön.«

Denkschablone, dachte Karl. Da muß man an einer Emanze nur etwas abkratzen, da hat man's wieder wie vor hundert Jahren. Hier könnte er schon ansetzen, und der Streit wäre da.

»Wie war das denn, sag mal?«

»Wie ein Sommertanz«, sagte Karl. Er dachte immer in Bildern. »Es schien draußen immer die Sonne, wir haben meistens im Freien gesessen und getanzt. Wir haben andauernd getanzt, das fällt mir ein. In Wirtshäusern und Diskotheken und auf einer Hochzeit. Wir haben viel gebadet. Waren viel am Meer. Die äußeren Umstände waren so günstig, wie sie nur einmal im Leben zusammenkommen. Das ist wichtiger als die Liebe, denn was nützt dir die große Liebe, wenn du einen Kameraden hast, der beim Essen raucht und rülpst, und du kannst das auf den Tod nicht ausstehen. Bei uns paßte alles zusammen. Das muß am Wasser gelegen haben, denn mir fallen da keine Regentage ein.«

Elia hatte sich einen neuen Joint angezündet und schaukelte mit den Beinen. Das tat sie, wenn sie kribbelig war und Streit suchte. Sie hatte schon eine Flasche Wein ausgetrunken. Um das auszuhalten, dachte Karl, mußt du ein Pferd oder eine Frau sein. Jeder andere würde kotzen.

«Wie lange warst du denn mit der zusammen?«

»Vier Jahre«, sagte Karl.

«Und dann?«

»Ende.«

»Warum denn, erzähl doch mal!«

»Gute Zeiten sind schwer zu ertragen. Man muß viel vom Leben verstehen, um damit zurechtzukommen.«

»Da haste recht. Und hat dir die Zeit was gebracht?«

»Ja«, sagte Karl, »sehr viel. Ich habe das freie Schweben über der Welt gelernt. Sie hat während der ganzen Zeit mit einem Jungen aus dem Haus was gehabt. Sie haben überall und bei jeder Gelegenheit gebumst. Als das aufkam, wäre ich daran fast krepiert. Ich ließ mir von seiner Frau immer wieder von vorn und zum hundertsten Mal erzählen, wann und wo und wie sie's gemacht haben. Ließ mir die Wohnungen der Freunde nennen, in denen sie während der Mittagspause vögelten. Schaute dann vom Fenster aus zu, wenn sie umarmt aus dem Auto stiegen, denn sie zog zu ihm in den ersten Stock, und sie haben seine Frau aus der Wohnung geekelt. Man muß sich hundert- und tausendmal in den Abgrund stürzen, du gehst daran zugrunde oder kommst frei heraus. Frei wie ein Vogel über dieser Welt. Immer wieder auf die Faust schlagen, die sich an etwas klammert, denn eine Klammer ist eine Fessel. O Mann, war das eine Befreiung, als ich von dieser Welt weg war.«

»Woher hat das denn seine Frau gewußt?«

»Er hat ihr alles erzählt. Haarklein bis zum Orgasmus, den er nicht hat schaffen können.«

»Ist doch zum Kotzen, Mensch.«

»Ja«, sagte Karl. »Problembewältigung mit Hilfe des Partners haben sie das genannt. Ascholder. Er hieß Ascholder. Kennst du ihn?«

»Ich kenn' doch nicht die Knacker deiner Frau. War sie deine große Liebe?«

Er merkte, daß sie mehr und mehr auf einen Streit hinauswollte. Er hätte sich da raushalten können, aufhören zu reden.

Tat er aber nicht.

»Nein«, sagte er, »die kam zwei Jahre später. Eine kolossale Frau...«

»Hör doch endlich mit deinen dämlichen Weibergeschichten auf. Purer Kuhmist, was du da redest. Glückliche Ehe, einer fängt an mit jemand anderem zu ficken, Feuer auf dem Dach – Mensch, das passiert doch hier jedem Piefke an der Ecke. Das kann ich schon nicht mehr hören. Merkst du nicht, daß das keiner wissen will? Ihr Alten redet entweder vom Krieg, von euerm Alter oder von euern Weibern vor fuffzig Jahren. Kaputter Scheiß ist das. Ende.«

Sie hatte einen hochroten Kopf.

Und sie hat verdammt recht, dachte Karl. Denn in der Tat sind alle Geschichten am Ende nur eine Geschichte. Nur das Kolorit ist geringfügig anders. Die Personen sind ausgetauscht, und die Handlung läuft unwesentlich anders ab. Wenn du *eine* Geschichte einmal begriffen hast, hast du *alle* Geschichten begriffen. Du brauchst keine mehr zu hören und keine mehr zu erzählen. Und du kannst einen anderen mit nichts mehr langweilen als damit, daß du ihm *deine* Geschichte erzählst. Und mit nichts mehr erfreuen, als daß du ihn nach *seiner* Geschichte fragst. Dann hörst du sie wieder zum millionsten Male.

O Mann, dachte Karl, wie gut ist es, allein zu sein. Er wollte noch fragen: Und die Geschichte mit deinem Alain? Ist die anders? Na also.

Aber er stand auf, ging aus dem Zimmer, sie fragte nicht, wohin er ginge, es war eine tiefe Feindschaft zwischen ihnen.

Er ging aus dem Hotel und ging einen Weg entlang. Es war Nacht geworden, Vollmond, fast hell wie am Tag. Bei Vollmond geraten Weiber außer sich. Bei Vollmond haben die meisten ihre Menstruation. Bei Vollmond sind sie entweder extrem reizbar oder extrem sinnlich. Bei Vollmond paaren sich die Fische, und die Fischer an guten Küsten fahren nicht zum Fang aus, um sie nicht zu stören.

Die Nacht war sehr warm, und man hörte in der Ferne, über die ganze Insel hin, die Musik dieser Hotelbar.

Karl dachte, einem alten Mann steht es nicht zu, mit einem jungen Mädchen die Liebe erleben zu wollen. Man sollte rechtzeitig die Bühne verlassen. Aber er hatte diese Reise nicht unternommen, um eine große Liebe zu erleben, sondern um Fehler zu machen. Das Gefühl seiner Jugend heraufzuholen und sich zu erinnern.

Er kam an eine warme Quelle, die unter dem Mond dampfte. Er zog sich nackt aus, legte sich in dieses Wasser, das etwa achtzig Zentimeter tief war, und suchte im Schlamm die Stellen, wo das heiße Wasser aus der Erde kam. Er sah den Mond, fühlte die ganze Erde unter sich, diese Welt, die er in solchen Nächten so sehr liebte, daß ihn eine große Trauer befiel, weil seine Tage gezählt waren. Wegen solcher Nächte liebte er die Welt. Auch wegen des Geistes, den er im Wein spürte und der ihm die kleinen Räusche gab. Wegen der ein oder zwei Frauen, die ihm im Leben unter den unzählbar vielen begegnet waren, mit denen er hinaufgeflogen war zu den Sternen. Das waren jeweils nur ein oder zwei Liebesnächte, die so groß waren wie das All. Begegnungen, die nicht hier stattgefunden hatten, sondern in der Ewigkeit.

Du kannst auf dieser Welt nur leben, wenn du sie zu deiner Geliebten machst. Sie mit diesen ungeheuerlichen Wundern und Grausamkeiten annimmst und zwischen beiden das Gleichgewicht findest. Ob du das schon gelernt hast, alter Mann? Ja.

Nur laß dich von deinem Schmerz nicht besiegen, alter Junge. Er gehört jetzt zu dir, wie deine Beine zu dir gehören. Du mußt ihn annehmen, ihn auspendeln und mit deinem Kosmos ins Gleichgewicht bringen. Sonst wirst du diese Welt nicht so verlassen können, wie du es vorhast – laut lachend auf einem silbernen Vogel fliegend und bis zum Rand erfüllt mit allem, was sie dir zu bieten hatte, ohne etwas zurückzulassen.

Ab und zu kamen Leute vorbei. Wohl von seiner Sorte: denn sie nahmen ihn nicht zur Kenntnis.

Solche Nächte erlebt einer nur zwanzig Mal in einem langen Leben. Sie sind alle anders, aber alle groß.

Karl zog sich bald an, war durch und durch erwärmt und dachte, daß dies jetzt die Nacht sei vor dem Morgen, an dem der Schmerz für immer ausbleiben würde.

Er ging nach Haus. Er hätte noch in der Kneipe beim Hafen bleiben wollen, es gab immer Tintenfisch oder Sardinen und Wein. Das hätte dazugehört, ein kleiner Rausch hätte ihm nicht geschadet. Aber er ging nach Haus, er hatte seit dem Krieg noch so ein Gefühl von Kameradschaft in den Knochen, das ihn auch dann noch zwang, sein

Brot mit den Russen zu teilen, wenn der sein Feind war, den er zu bewachen hatte. Denn ein kleines Stück Wegs gemeinsam gehen, heißt, ein kleines Stück Lebens gemeinsam leben. Ich bin du, und du bist ich.

Aber Elia schlief wie ein Stein. Der Aschenbecher neben dem Bett quoll über, beide Weinflaschen waren leer und umgekippt. Die Tür stand offen, und das Zimmer war voller Mücken. Er hätte genausogut bis ultimo in der Kneipe bleiben und die Welt seine Braut sein lassen können. Wie Elia leben: sich alles einverleiben, es verschlingen, und die Welt fressen, egal, wem sie gehört. Und sich dabei um keinen Deut den Magen verderben. Oh, Mann, nichts gelernt!

Karl schlief schlecht, weil die Mücken ihn stachen. Und so beschloß er, es mit dem Schlafen nicht länger zu versuchen. Vollmondnächte waren früher immer seine großen Nächte gewesen. Dann brauchte er nicht zu schlafen, ging in den Städten herum, in denen er sich befand, oder er hatte seine großen Liebesnächte gehabt.

Um neun wachte Elia auf und sagte, sie brauchte dringend einen Cappuccino. Ob er nicht einen holen könne? Das tat er. Sie sagte, man müsse diese Insel hier dringend verlassen, das sei nicht das, was sie gemeint hätte, und die anderen Inseln hier sollten besser sein.

»Hat das Enrico gesagt?«

»Fang doch bloß nicht wieder so an!«

Sie packten ihre Siebensachen, jetzt lief wenigstens kaltes Wasser aus der Wasserleitung.

Zum Hafen waren es wieder zwanzig Minuten Fußmarsch. Egal, wann ein Schiff fuhr, sie hatten jetzt eine andere Stimmung, ohne eilige Erwartung. Laufen lassen, am Ende ist es egal, wo man sitzt und wartet.

Im Umkreis von drei Schiffstunden gab es noch vier Inseln. Die schönste sollte die entfernteste sein.

»Gibt es dort Sandstrand?« fragte Elia einen im Café am Hafen.

»Sandstrand? Hier? Auf keiner Insel. Alles Vulkangestein. Aber das Grandiose ist doch gerade diese karge Landschaft, Lavagestein, die geologischen Formationen, Fräulein.«

»Na, danke«, sagte Elia zu Karl, »hast du das gehört?«

Für Karl spielte das alles keine Rolle. Er lebte ohnehin nur mit dem Gefühl, das er etwas unterhalb der Augen im Hinterkopf empfand, das er seine Seligkeit nannte und das nicht von der

Landschaft abhing. Und das war jetzt sehr gut. Wenn er hier saß, in dem stillen Hafen ohne Schiffsverkehr und ohne Arbeitsbetrieb, und dabei diese schwarzen Berge sah, die gestern unter dem Mond so unvergleichlich und warm waren, hatte er ein gutes Gefühl.

Sie redeten nicht miteinander, aber heute nicht mehr aus Feindschaft. Sie hatten jetzt einen Status erreicht, wo alles klar war.

»Wir nehmen das nächste Schiff, das fährt«, sagte sie, »ist doch egal, wohin, und wenn die Insel wieder nichts ist, sind alle vier abgehakt. O.K.?«

O.K., das war auch nach seinem Geschmack, reisen ohne Ziel und Erwartung. Und auch so leben.

Ein kleiner Kutter fuhr zur nächsten Insel. Es war ein Schiffer, der eine Gruppe abholte, anscheinend Verwandte, das Boot noch nicht voll hatte und Passagiere mitnahm. Ein offenes, windiges Boot mit einem lauten Motor, das langsam fuhr, bei der Wärme war der Wind eher angenehm.

Die Inseln sind ungeheuerlich schön, dachte Karl, nur sollte man dort keinen Sandstrand suchen. Man soll von den Dingen das nehmen, was sie zu geben haben, und nichts anderes verlangen.

Sein Großvater hatte gesagt: Ein Schwein gibt eben keinen Honig.

Eine Stunde Fahrt, eine schöne Fahrt.

Sie stellten auf der Insel ihr Gepäck in der Aufbewahrung unter und gingen in den Ort. Dieses Mal ein gewachsener Ort mit Leuten, die schon immer da zu wohnen schienen.

Später suchten sie ein Restaurant und fanden das beste im Ort. Mit fabelhaftem Wein und einer Küche, daß man hätte weinen können vor Lust. Im Rausch der Sinne wurde dies wieder der schönste Tag ihres Lebens. Es war ihnen egal, wie es weitergehen würde, sie aßen zwei Stunden oder mehr, und es kam wieder so eine Art kleine Liebe zwischen ihnen auf. Sie beschlossen, hier zu bleiben, ein freundlich verkommenes Quartier zu suchen und zwei Tage und zwei Nächte zu bumsen.

Sie gingen durch den Ort, fanden nichts, was so war, wie sie es eben noch gemeint hatten, und der Rausch verflog.

»Wart mal«, sagte Elia und fragte ein paar Hippies, die am Hafen saßen, ob es hier Sandstrand gäbe. Wo keine Leute hinkämen, so richtig langer, weiter Strand mit klarem Wasser. Hippies kennen immer solche Stellen, weil sie sich dort meistens niederlassen. Weißer Sand, sagte sie. Den gäbe es nicht, sagten die Hippies. Das sei hier eine vulkanische Insel, alle Inseln hier seien vulkanische Inseln, da sei mit weißem Sand nichts drin. Man könne hinten an ein paar Stellen in den Felsen baden, aber die wären nur mit Booten zu erreichen.

»Inseln abgehakt«, sagte Elia. »Wir lassen die Scheißinseln Inseln sein und fahren wieder aufs Festland, Karl. Dort steigen wir in die Eisenbahn und fahren die Küste entlang. Irgendwo wird doch so ein verfluchter weißer Sandstrand zu finden sein. Mir kann doch keiner erzählen, daß es in ganz Sizilien keinen weißen Sandstrand gibt.«

Karl sagte, natürlich gäbe es dort langen weißen Sandstrand. Aber der sei inzwischen verdreckt. »Sie haben Straßen hingebaut, haben Betonhäuser mit italienischer Architektur...«

»Wie meinst du das denn?« fragte Elia. »Fängst du schon wieder an?«

»Schon vorbei«, sagte Karl, und sie holten ihr Gepäck aus der Gepäckaufbewahrung, um fünf fuhr ein Schiff. Karl hatte dieser Tag gut gefallen. Dieses grandiose Essen, das kleine Boot, das sie hergefahren hatte, und die Inselstimmung, er hätte hier drei Tage gut bleiben können und sich darin üben, seinen inneren Dialog abzustellen. Nur alles vorbeiströmen lassen.

Aber so war es ihm auch recht.

Sie kamen abends in dem trostlosen Hafen an und suchten ein genauso trostloses Hotel, hier waren alle Hotels trostlos.

»Wir brauchen nur was zum Schlafen«, sagte Elia, »morgen geht es weiter.«

Zu Abend aßen sie schlecht und teuer, vom Wein bekamen sie Kopfschmerzen, und Elia rauchte nicht einmal ihren Joint, was bedeutete, daß an diesem Abend nur vegetiert wurde. Warten, bis man müde wird, und dann schlecht und recht in ein Bett kriechen, von dem man morgen schon nicht mehr wissen will, wo es war, und versuchen zu schlafen.. Am nächsten Tag standen sie früh auf, tranken in der Bude im Hafen ihren Cappuccino, nahmen in einem anderen Straßencafé an einem Bus-Stop eine Granica und ließen die Leute an sich vorbeigehen. Alte Leute, die langsam gingen, deren Leben vorbei war und die hier auf ihren Tod warteten. Dicke Italiener, die nur Geld im Kopf hatten. Mütter, die an ihren Kindern zerrten und sie mit dolci vollstopften, bis ihnen der Verstand aus dem Kopf fiel und sie so wurden wie die Eltern.

»Der Mensch«, sagte Elia, »kommt auf die Welt, und dann wird er nur kaputtgemacht. Zuerst die Eltern, die ihm ihre eigene Dummheit einfiltern. Dann die Schule. Und so geht das immer weiter. Warum ist das so, Karlchen?«

»Der Mensch«, sagte Karl, »kommt auf die Welt mit einem ungeheuerlichen Potential an seelischer Kraft. Du mußt ein Kind daraufhin einmal beobachten. Es lernt beispielsweise ohne jedes intellektuelle Vorwissen innerhalb von drei Jahren unter anderem eine Sprache vollständig. Das Kind versucht, unter ungesunden Umständen, die Herrschaft über die ganze Familie an sich zu reißen. Und zwar dann, wenn die Eltern armselig sind. Und schau dich einmal um! Wie oft so ein Kind das ganze Geschehen in einer Ehe beherrscht. Alles, was geschieht, wird vom Kind bestimmt. Das ist so, als ob die ganze Kraft aus der Zeit vor der Geburt sich gestaut hätte und dem Kind mitgegeben wurde; ein Vorrat, den der Mensch braucht, um zu leben. Und diese Überlegenheit spüren die Eltern unbewußt, und es setzt ein Kampf ein. Sie versuchen, das Kind sich unterlegen zu machen. Ihm zu zeigen, *wer* hier der Stärkere ist. Leider haben sie zufällig für eine kurze Zeit die größeren Körperkräfte, die sie unfairerweise auch nutzen. Was ihre Armseligkeit nur unterstreicht. Denn wer wirklich stark ist, wird im Umgang mit einem anderen niemals die zufällige Überlegenheit auf irgendeinem Sektor einsetzen, er wird sie sich nicht einmal anmerken lassen.«

»Wie müßte es denn sein, meinst du?«

»Hilfestellung geben. Darüber froh sein, daß dieser neue Mensch diese ungeheuerliche Kraft hat, und nur rechts und links die Hände hinhalten, damit er nicht kippt, so lange er noch nicht selbst stehen und gehen kann. Und dann wachsen lassen, nicht eingreifen. Sich über die Kraft freuen, und wenn diese manchmal die der Eltern übersteigt, das hinnehmen.«

»Ja«, sagte Elia, »und jetzt fragen wir mal, wann der nächste Zug nach Palermo geht.«

Zwei Stunden später.

Er wird sechs Stunden brauchen. Man wird um eine gute Zeit dort ankommen. Falls man unterwegs nicht aussteigt. Der Zug fährt an der Küste entlang, man kann das Meer sehen und kann sehen, ob Sandstrand da ist.

Der Zug hatte Verspätung.

Eine Stunde auf dem Bahnsteig warten. Zwei Stunden. Kaum Fremde. Als der Zug kam, gab es sizilianische Abschiedsszenen von einem so ungehemmten Ausbruch der Gefühle, wie sie der alte Mann Karl in seiner langen Zeit noch nie erlebt hatte. In diesen wenigen Tagen waren einige Augenblicke vorgekommen, die diese Reise für ihn schön machten. Es ging nicht mehr darum, sein Gefühl von einst wiederzufinden. Das war neu.

Als der Zug abfuhr, hingen einige Bauern, die Mutter und die Schwestern eines Jungen an der Tür des Waggons, als wollten sie den Zug mit ihren Händen festhalten; sie heulten und schrien; offensichtlich brachten sie den Jungen weg von zu Haus und von seiner Kindheit auf den Weg ins Leben. Als ob es für immer wäre. Die Mutter klammerte sich mit den Fäusten, in denen sie ein weißes Tuch hielt, an die Tür, ans Fenster, und als der Zug sich in Bewegung setzte, mußte der Vater sie herunterzerren. Die Schwestern schrien, und nur der Vater versuchte, sich zu beherrschen, drückte wohl einmal mit dem Finger gegen das Auge, sagte aber nichts.

Und hier änderte der alte Karl seine Meinung über die Italiener. Nicht pauschal waren sie jetzt für ihn kulturlos. Denn auf dem Bahnhof war keiner, der diese Verzweiflung nicht respektierte, der die Distanz nicht wahrte; sie haben nicht einmal durch Blicke diesen Freiraum überschritten, der dem Menschen zusteht, wenn er sich vor aller Welt nackt und so wie er ist, zeigen muß.

Möglicherweise ermutigt durch dieses ungehemmte Freigeben der Gefühle, fing ein Mädchen, das einen Matrosen zum Zug gebracht hatte, laut an zu heulen und dann zu schreien. Warf sich, als der Zug aus dem Bahnhof fuhr, auf eine Bank, vergrub das Gesicht in ein Tuch, und der Leib zitterte vor Weinen.

Elia schaute aus dem Fenster auf die dem Bahnhof zugekehrte Seite, Karl auf die entgegengesetzte, und sie sagten nichts. Der Zug fuhr sehr langsam. Das Leben ist vergangen wie ein Tag, dachte der alte Karl. Von dem Tag, an dem er von zu Haus wegging, er war siebzehn gewesen und hatte einen Koffer aus Pappe, bis jetzt, das hätten genausogut drei Tage sein können. Der alte Bauer wußte das, der seine Frau vom Waggon wegzerrte. Und wenn sie nach Hause kommen, wird die Frau es auch wieder wissen. Einmal weg, ist für immer weg, unwiderruflich. Es gibt für Karl keinen Weg zurück nach Genua und für Elia keinen Weg zurück zum Sandstrand. Karl hat es gewußt, aber er hat es doch versucht, ein Spiel, ohne Aussicht auf Gewinn, aber man probiert es immer wieder.

Der Zug hielt an manchen Bahnhöfen eine

halbe Stunde. Leute stiegen nach zwanzig Minuten aus, als wollten sie zu Fuß weitergehen. Je weiter der Zug fuhr, um so leerer wurde er. Vielleicht gaben sie's auf.

»Sciopero?« fragte Elia jemanden auf so einem Bahnhof. »E sciopero oggi?« Ist heute Streik?

»Si, si, sciopero.«

»E quando viene a Palermo?« Wann kommt er in Palermo an?

»Nessuno no sa.«

»Er sagt, das weiß niemand.«

Es spielte auch keine Rolle, wie es weiterging. Die Küste neben der Eisenbahnlinie war trostlos. Kleine, neugebaute, nicht fertiggewordene Häuser aus Hohlblocksteinen, nicht verputzt, mit angeklebten Hühnerställen standen da. Kein einziges altes Dorf. Die Küstenstreifen leer und voller Trümmer, Dreck, Sandkies und das Wasser schaumig. Schaum ist Dreck, das ist der Schaum, von dem Leute Hautausschlag bekommen.

»Wir fahren bis spätestens acht Uhr«, sagte Karl, »dann müssen wir aussteigen. Denn nach der Saison sind diese armseligen Nester abends wie ausgestorben und dann finden wir kein Zimmer.«

Gegen halb acht kamen sie in einen größeren

Ort, und sie stiegen aus. Da war ein alter Ortskern mit verfallenen Häusern, und es gefiel ihnen hier sehr gut.

»Wenn es hier einen Sandstrand gibt«, sagte Elia, »kaufen wir uns morgen Schlafsäcke, und alles ist geritzt.«

»In der Nähe von Städten«, sagte Karl, »kannst du an Sandstränden nicht im Schlafsack schlafen, außerdem ist es im Oktober zu kalt.«

»Du kannst doch nichts anderes als schwarzsehen.«

Der alte Ort lag auf einem Berg, außerhalb waren diese elenden Betonhäuser. Vom Bahnhof zum Ort lief man zwanzig Minuten. Sie ließen das Gepäck auf dem Bahnhof. Was sie zum Waschen brauchten, steckten sie in die Taschen, falls sie das Gepäck nicht mehr holen wollten.

»Gehen wir doch ein Stück am Strand entlang«, sagte Elia, »vielleicht finden wir schon jetzt so einen Sandstrand.«

Zu Fuß sind diese kleinen Strecken endlos. Vom Meer wehte ein kalter Wind. Ein Auto blieb stehen, und ein etwas älterer Italiener fragte, ob er sie ein Stück mitnehmen könne.

»Si, si«, sagte Elia, »con piacere.« Gern.

»Parla italiano?« fragte der Mann, und er erbot

sich bald, sie etwas in der Gegend herumzufahren. Fuhr oben an einen Aussichtspunkt, und Elia sagte: »Siehst du, so sind die Italiener. Wir haben aber fast immer Glück.«

Der Mann sagte dann, man könne doch zu ihm nach Hause gehen, etwas Wein trinken. Er hielt sich immer neben Elia auf, die mit ihren krausen, roten Haaren, wenn auch noch die Abendsonne rot draufschien, wahrlich schön anzusehen war. Karl hatte sie immer vorn sitzen lassen, neben dem Mann. Einmal, um ihm seine Mühe zu lohnen, und zum anderen, damit die beiden miteinander reden konnten.

»E lei marito?« fragte der Mann. Ist das Ihr Mann?

»No, no«, sagte Elia, »è un amigo.«

»A, si, si, capisco«, er grinste etwas. Man konnte doch zu ihm nach Hause fahren, Wein trinken, er habe keine Frau.

Elia sagte dann, man habe noch etwas zu tun in der Stadt, könne sich aber morgen treffen. Für alle Fälle, man kann ja nicht wissen, ob man den Mann nicht irgendwie brauchen könne, und er fuhr sie wieder in den Ort. Sie verabredeten sich für morgen elf Uhr, hier auf diesem Platz im Ort, vor dem Café.

Karl ging in eine Autovermietung. Erfragte Tarife, Bedingungen. Sagte, man suche heute noch ein Hotel, müsse sich also etwas beeilen. Der Autovermieter sagte, hier, sein Angestellter, würde sie in ein Hotel fahren. Sehr ruhig, sehr schön gelegen und ganz billig. Das sei Dienst am Kunden, selbstverständlich.

»Siehst du«, sagte Elia, »so sind eben nur die Italiener.«

Der Bahnhof lag auf dem Weg, und er fuhr sie mit dem Gepäck zu einem Hotel.

»Cinquemila lire«, sagte der Fahrer.

»Was sagt er?« fragte Karl.

»Er will fünftausend Lire«, sagte Elia.

»Was soll ich tun?«

»Gib sie ihm nicht.«

»Dann sag ihm das.«

»No no no no«, sagte Elia.

»Ma si«, sagte der Italiener und hielt ihr Gepäck fest.

»Gib sie ihm nicht«, sagte Elia.

»Dann sag ihm das, und er soll dir dein Gepäck geben, du kannst ja Italienisch.«

»Dann gib sie ihm, was sind schon ein paar Lire.«

Das Hotel war groß, lag am Strand, und Elia

sagte: »Enrico hätte sie ihm nicht gegeben. Der hätte gesagt, dann soll er doch die Polizei holen.«

Das Hotel war eines von diesen neuen Kästen. Das Zimmer kostete soviel wie in einem Luxushotel. Es lag auf die Straße hinaus, die zwischen dem Strand und dem Hoteleingang durchführte und die Rennpiste der Autofahrer war. »Aber wir können uns wenigstens duschen«, sagte Elia, und es gab tatsächlich warmes Wasser.

»Warum bumst du mich eigentlich nicht mehr?« fragte sie im Bett.

Karl sagte: »Ich habe seit drei Stunden wieder verdammte Schmerzen, und zusätzlich tut mein ganzes Kanalsystem da unten seit drei Tagen weh wie der Teufel. Und brennt.«

»Prostata«, sagte Elia, »das haben alle alten Männer, das kann *uns* nicht passieren. Da haste Pech gehabt.« Sie drehte sich um und schlief ein.

Sie hatte seit gestern abend keinen Joint mehr geraucht. Sie rauchte nur, wenn sie in guter Stimmung war.

Karl war froh, als die Nacht vorbei war. Die Autos rasten ohne Pause vom Abend bis zum Morgen, das Meer rauschte, der Fahrstuhl ging gleich neben dem Zimmer vorbei; er hatte bestenfalls eine Stunde geschlafen. Dazu kamen seine

Schmerzen. Und sein Hosenvogel brannte, alle halbe Stunde mußte er pinkeln. Aber er war daran gewöhnt, nicht mehr zu schlafen. Alte Leute brauchen keinen Schlaf, dachte er. Wenn sie nicht schlafen, haben sie mehr Zeit. Das Leben ist sowieso nicht mehr so lang.

Acht Uhr aufstehen, irgendwo einen Kaffee trinken, eine Schinkensemmel zu zweit, eine ganze ist zuviel, man kann an diesem trockenen Zeug ja ersticken. Der Zug nach Palermo fuhr um neun. Und dieses Mal pünktlich, nur eine halbe Stunde später.

Die Strecke wurde jetzt immer trostloser zum Meer hin. Das Hinterland sah besser aus. Berge, grünes Land, nur war das nicht das, was sie suchten. Was *sie* suchte.

Der Zug kam um ein Uhr in Palermo an. Ein warmer Tag, eine schöne Stadt. Zu Fuß sehr groß.

Sie fuhren mit der Straßenbahn, hatten die Stadt bald etwas im Griff, was die Übersicht betraf.

»Wir bleiben nicht lange hier«, sagte Elia, »wir nehmen ein Auto, und dann fahren wir die Küste entlang.«

Weil sie ihren langen Sandstrand nicht aufgab.

Karl mietete ein Auto, und um vier fuhren sie

los, in Richtung Westen. Kamen gegen Abend in ein Fischerdorf mit Fischmarkt, bunten Häusern, einem Fischerhafen, voller Müll und Leben. Für Karl wäre es gut denkbar gewesen, hier eine Weile zu bleiben. Unter den Leuten zu sitzen, neben den anderen Alten vor der Kirche und auf der Hafenmauer. Ihnen zusehen, wie sie nichts mehr zu reden haben, alles ist klar.

Das ist freilich zu wenig Zeit, um ein Dorf zu begreifen; ein paar Tage, eine zu kurze Zeit. Um einen Ort zu verstehen und die Andersartigkeit einer Stadt zu begreifen, muß man mit seinen Bewohnern essen, wohnen, leben. Erleben, wie hier geboren und gestorben wird, wie sie ihre Feste feiern. Aber für Karl ging es darum nicht mehr so sehr.

»Zuerst einmal«, sagte Elia, »essen wir hier Austern.« Denn auf dem Fischmarkt gab es Austern und Seeigel. Seeigel hatten sie noch nie gegessen. Sie aßen beides und zahlten dafür soviel wie in einem erstklassigen Hotel. Man erkannte in ihnen natürlich die Fremden und holte aus den beiden letzten so viel heraus, wie man sonst aus fünfen von ihnen hätte quetschen müssen.

»Meinetwegen könnten wir hier bleiben«, sagte Karl. Er war etwas in dem Dorf herumgegangen, hatte den Platz gefunden, wo die Alten saßen, und irgendwo abgelegen ein Haus gesehen, wo man Zimmer mieten konnte.

»Wir fahren hier die Umgebung ab«, sagte Elia, »und suchen einen Sandstrand, denn wenn es hier keinen Sandstrand gibt – was sollen wir denn hier tun?«

Im Umkreis von zwanzig Kilometern gab es nur Felsen, und das Meer war dreckig wie eine Kloake.

»Sizilien«, sagte Karl, »steht auf der Wasserkarte als Küste mit dem saubersten Wasser von Italien. Cousteau hat gesagt, es ist gesünder, Frankfurter Würstel zu essen als einen Fisch aus dem Mittelmeer.«

Sie fuhren weiter, die Straße ging nicht mehr an der Küste entlang, die Dörfer wurden seltener und ärmlicher.

Als es Nacht wurde, mußten sie in einem Hochhaus neben der Straße übernachten, wohl dem einzigen in der Gegend, denn da standen viele Autos. Man mußte im voraus bezahlen. Das Haus hatte die Atmosphäre eines öffentlichen Waschhauses im Hamburger Hafen vor dreißig Jahren. Nur war kein Dampf in den Fluren. Die Zimmer waren wie Leichenaufbewahrungsräume, die Betten kühl, kalt, hart, das Licht zum

Kotzen. Das Essen war das, was Italiener zu kochen versuchen, wenn sie denken, es sei deutsche Kost, mit einem Wort: schlecht. Der Kellner war in Deutschland gewesen, sprach fehlerfrei Deutsch und hatte mit seiner Frau dieses Haus gepachtet.

Wenigstens will sie in diesem Zimmer nicht mit mir bumsen, dachte Karl, sein Kanari hatte auch noch angefangen zu eitern. Er dachte, daß sie ihm aus Griechenland möglicherweise einen Tripper mitgebracht hatte. Wenn das so war, dann hatte sie ihren inzwischen sicher ausgeheilt, und er überlegte, daß er ihr ihn wieder zurückgeben könnte. Er fühlte in sich hinein und stellte fest, daß er wegen des Brennens keinen Ständer würde zusammenbringen können. Zugleich fand er sich dann aber auch armselig, denn Rache war längst nicht mehr seine Sache. Und so schlief er ein.

Sie schliefen leidlich bis zum nächsten Morgen, denn diese Gegend schien kaum befahren zu sein. Nachts kamen überhaupt keine Fahrzeuge vorbei. Es gab keinen Lift, keinen tropfenden Wasserhahn, keine Barmusik. Dafür waren die Zimmer so billig, daß man meinen konnte, woanders ließe man sich den Lärm bezahlen.

Weiterfahren.

»Heute finden wir bestimmt einen ganz irren Strand«, sagte Elia.

Sie kauften unterwegs auf einem Fischmarkt Fische. Sie sagte: »Die grillen wir am Feuer, du kannst das doch.«

Karl sagte, dazu brauche er ein Gitter oder wenigstens Draht. Und am Strand oder wo auf alle Fälle Holz. Na gut, sie kauften also Draht, Streichhölzer, Salz, Papierteller, Brot, Blechgabeln. Obst, Käse, Oliven. Wein. Nahmen alte Obstkisten vom Markt mit, für den Notfall, und Zeitungspapier zum Anzünden.

Und sie fanden auch einen fantastischen Strand. Endlos, weit und leer. Grober Sand und dazwischen Felsen. Aber es wehte ein frischer Wind. Es war zu kalt.

Sie suchten Holz, Karl richtete zwischen den Felsen eine Feuerstelle ein, legte eine Stange, die er fand, quer über die Felsen über das Feuer und hängte mit dem Draht die Fische waagerecht über die Glut.

»Du bist doch ein raffinierter Hund«, sagte Elia.

Der Wind wehte den Sand an die Fische. Er wehte das Papier weg, sie mußten alles mit Steinen beschweren. Sie hatte die halbe Flasche Wein schon leer, als das Feuer noch gar nicht brannte.

Sie hatte auch den Käse schon vorher gegessen. »Willst du etwas Käse, Karlchen?«

Na gut, man könnte hier bleiben, aber wo oder wie?

Sie sagte: »Ich meine so einen anderen Strand. Ganz weißer Sand und ganz warm. Weißt du.«

»Ich weiß«, sagte Karl, »ja«.

Dazu kam, daß das Wasser kalt und das Wetter nicht gut war. Es gab eine Art Restaurant, es gehörten kleine Steinhäuschen dazu, offenbar zu vermieten. Manche waren aufgebrochen, und es standen zusammengehauene Bettstellen drinnen und ein kleiner Nachtkasten oder Tisch. Wahrscheinlich im Sommer zu mieten. Aber jetzt eben nicht.

»Komm, wir fahren weiter, Karl. Damit wir nicht zu spät ankommen, wenn wir den richtigen Strand finden.«

Das Auto war klein und unbequem und brauchte andauernd Benzin. Die Italiener sind in allem, was Autos angeht, Genies. Sie trimmen ihren eigenen Fiat 500 so, daß er mit drei Litern Benzinverbrauch 130 fährt, und den, den sie vermieten, frisieren sie auf 12 bis 15 Liter Verbrauch auf eine Höchstgeschwindigkeit von 70. Dabei kann man sicher sein, daß dieses Benzin irgendwo irgendwie in einen Tank fließt, den sie nachher entleeren.

»Was für ein Auto hatte Enrico?«

»Lancia, was sonst.«

Die Straße war leer, es fuhren kaum Autos, die Landschaft war einfach. Sie kamen zu griechischen Tempeln, eingetragen in allen Karten und Reiseführern, es gab Reisende, die extra wegen dieser Ausgrabungen in die Gegend kamen. Elia interessierte sich überhaupt nicht dafür und ging gelangweilt zwischen den Trümmern herum. Und Karl versuchte zum x-tenmal in seinem Leben, die Stimmung der Zeit zu erfassen, die da gewesen sein mußte vor diesen ungeheuerlichen Dimensionen. Es gelang ihm nicht. Wohl befiel ihn ein Frösteln, aber er hatte zeit seines Lebens nie auch nur das kleinste Verständnis für Geschichte gehabt.

»Komm, Karl«, sagte Elia, »das haben wir jetzt gesehen. Ich glaube, da unten ist ein Strand.«

Sie kamen durch verlassene Stranddörfer, für den Sommer errichtete Holz- und Steinbuden. Restaurants, Strandhäuser. Geschäfte. Aber sie waren geschlossen. Ein Neger und ein Mädchen standen mit Rucksäcken an der Straße, warteten auf einen Bus. Es lag viel Müll und Dreck herum.

Der Strand war weit und groß, und der Sand war weiß. Aber alles war feucht. Als ob es in den letzten Wochen nur geregnet hätte.

»Sollen wir hier bleiben?«

Karl hätte auch hier eine Weile sitzen können, die Stimmung verlassener Sommerstrandhäuser ist eine eigenartige. Das Holz hat noch einen Geruch nach Sonnenöl, nach gewesenen Ferien, nach Menschen, die hier vorübergehend geliebt, gehaßt, gelebt haben und dann weggingen und von dieser Zeit noch lange zehren.

Karl sagte: »Nehmen wir an, du weißt nichts über Fotografie. Ich nehme jetzt einen Streifen aus einem Material, in diesem Fall Zelluloid, und sage dir, daß auf diesem Streifen eine Situation festgehalten ist. Etwa wie dein Opa die Oma geheiratet hat. Und das nur, weil dieser Streifen in dem Augenblick des Ereignisses mit in dem Raum war. Du würdest sagen, ich bin verrückt, das kann nicht sein. Jetzt nehmen wir einmal an, die Wände eines Zimmers hätten alle Situationen, die sich in diesem Zimmer ereigneten, gespeichert. Wie ein Film. Festgehalten. Oder die Wände eines Hauses. Die Möbel, alle Gegenstände täten das. Man müßte dann nur die Methode finden, diese gespeicherten Situationen wieder sichtbar zu machen. Beim Film ist es die Entwicklung.«

»Das kann ich mir gut vorstellen.«

»Ich meine, der Mensch hätte diese Gabe. Er ist nur verkümmert in seinen Fähigkeiten und durch die sogenannte Kultur und den Fortschritt zerstört.«

»Das glaube ich auch«, sagte Elia.

»Wenn zum Beispiel ein vom Menschen noch nicht zerstörter Hund, nehmen wir an ein Wüstenwolf, an einen Ort kommt, an dem etwas geschehen ist, das für ihn nicht gut wäre, dann meidet er diesen Ort. Wenn er etwa an eine Stelle kommt, wo ein anderer Wüstenwolf getötet wurde, dann spürt er diesen Tod. Einem Jäger wird es niemals gelingen, an einer Stelle, wo er einen Kojoten getötet hat, einen zweiten zu töten.«

Sie saßen auf einem Brett vor einer Holzwand, die warm von der Sonne war.

»Woher weißt du das, Karl?«

»Kannst du in einem Raum spüren, was für eine Vergangenheit er hatte?« fragte er sie.

»Ich glaube, das kann ich.«

»Das Material, aus dem die sogenannten modernen Architekten jetzt Häuser bauen, nämlich aus Beton, nimmt nichts auf. Man wird bald horrende Preise für alte Häuser und Wohnungen zahlen«, sagte Karl. »Der Mensch hat noch Spuren seiner Fähigkeiten in sich, und möglicherweise wird seine Rettung sein, daß er sich wieder darauf besinnt. Es gibt Häuser, die eine unheimlich ungute Ausstrahlung haben«, sagte Karl. »Man geht in einem großen Bogen drumherum wie ein Wolf um den Ort des Todes. Der Mensch könnte das wertvollste Exemplar der Schöpfung sein. Aber irgendwann, durch irgendein Ereignis passierte das, was ihn zum ärmsten Schwein auf dieser Welt gemacht hat. Zur armseligsten Kreatur, nicht mehr fähig, mit seinem Leben fertigzuwerden. Und je lauter er vom Fortschritt redet, um so tiefer versinkt er in diese Armseligkeit.«

»Ich glaube ja«, sagte Elia, »wenn wir noch ein Stück weiter da runter fahren, daß da immer bessere Strände kommen.«

Sie fuhren weiter, fuhren durch eine schöne, hügelige Landschaft ohne viel Verkehr. Die Sonne schien warm, und wenn der Wind nicht vom Wasser her kam, war es heiß.

Ohne besonderen Grund fuhr Karl rechts von der Straße ab. Fuhr einen holperigen Feldweg entlang auf das Meer zu, und sie kamen an einen endlos weiten Sandstrand.

»Oh, mein Gott«, rief Elia, »Karl, das ist er ja, genau den habe ich gemeint.«

Der Sand war hell, nicht weiß, nicht zu grob und nicht zu fein. Es gab nur wenige Häuser. Bei näherem Hinschauen wurden es etwas mehr. Jene italienischen Sommervillen, die ohne jedes Gefühl für Bewohnbarkeit hingestellt werden, mit kahlen Mauern aus Hohlblocksteinen und vorgefertigten Teilen aus Beton oder Plastik. Die nie zu Ende gebaut werden, der Bauschutt, meistens noch der Zementmischer, immer aber das übriggebliebene Baustahlgewebe bleiben zurück, niemand holt das ab, bestenfalls schleppt man es noch zum Rand des Baugebietes, das war in diesem Fall etwa der Strand, und läßt es da liegen.

Der Wind treibt Plastiktüten vorbei, sie bleiben in den Eisenstäben hängen für immer und ewig. Und man gibt Geld dafür aus, diese Häuser mit unüberwindlichen Zäunen, meist aus Stacheldraht, zu umgeben, wobei man sich die Mühe macht, den Stacheldraht so zu konstruieren, daß Wunden, die der Frevler sich daran reißt, möglichst tief und schmerzhaft sind. Möglicherweise ist der Draht auch vergiftet. Sie hassen hier viel.

Die Gärten dieser Häuser sind kahl und leer und versanden während der Zeit, da sie nicht bewohnt werden. Fenster und Türen sind verrammelt mit grell gestrichenen Jalousien, meist aus Plastik.

Als sie den Strand erreichten, war kaum eines dieser Häuser bewohnt. Aber da, wo die Straße den Strand erreichte, war eine Art Restaurant. Eine weißgestrichene Betonhalle mit einem provisorischen Dach. Hinter dem Haus der gewohnte Schuttplatz mit den Resten des Baumaterials, mit Kisten, Abfällen, Autoblechteilen und gewöhnlichem Dreck. Davor standen ein Auto und zwei Mopeds.

Aus der Halle dröhnte Musik.

»Oh, Karlchen, das ist genau das, was wir suchen, findest du nicht?«

Vor dem Ding befand sich ein größerer Parkplatz, planiert und von einer kleinen Mauer umgeben, die Straße war etwas verbreitert, was bedeutete, daß hier im Sommer allerhand los war.

»Wenn man hier auch noch wohnen könnte, wäre ich der glücklichste Mensch der Welt und bräuchte nichts weiter als nur noch Fische zum Essen und Brot und Wein.«

In der Halle rannten ein paar Kinder herum, da war eine jüngere Frau hinter dem Tresen, und auf der Plattform zum Meer hin stand ein Mann. Ein jüngerer, kräftiger Italiener mit einem faltigen Wettergesicht, braun, mit hochgekrempelten Ärmeln.

Im Raum standen Tische mit Plastiktischdekken, Blechstühlen, an den Wänden hingen Chiantiflaschen und schlechtgemalte italienische Seelandschaften mit Booten, Plakaten und Coca-Cola-Bildern. Der Boden war aus Beton und kalt, die Küche hinter dem Raum war halb ausgeräumt und wahrscheinlich schon außer Betrieb.

»Bon giorno.«

»Bon giorno, Signori.«

»Si puo un poco mangiare qui?« Kann man hier etwas essen?

»Si, ma si, naturalmente. Gut Fisch. Alles, was wollen.«

In einer Glasvitrine lagen Fische, darunter ein halber, großer Thunfisch. Alle schon etliche Tage alt. Zwei tote Fliegen lagen erfroren vor der verschmierten Scheibe. Von innen.

»Oh, Karl, da essen wir sofort erst mal ganz phantastisch, damit wir in Stimmung kommen, und trinken einen Wein, und ich muß erst mal einen Likör haben. Sambuco, ha sambuco, signora?«

»Ma si. Vuole?« Wollen sie einen?

Der Mann hielt sich in der Nähe auf, um zur Verfügung zu stehen. »Ich – arbeit – in Germania. Deutschland. Swei Jahr.«

»Karl, hast du verstanden? Er hat in Deutschland gearbeitet! Wo? Dove?«

»Deusbur.«

»Deusburg? Duisburg. Karl, in Duisburg! Ich komme von Duisburg. Io vengo di Duisburg. Mia città, città, Karl, was heißt Heimatstadt? Città padrone.«

»Oh, Padrone, si si, capisco.«

»Mann, hier bleiben wir, Karl, besser kann es nicht kommen. Wir haben hier erstklassiges Essen, die Leute sind nett und ehrlich, jetzt brauchen wir bloß noch ein Zimmer. Si puo dormire qui? Habitatione, capisce? Zimmer.«

Er sagte, eventuell ginge das vielleicht. Ein Appartement mit zwei Zimmern und Küche mit allem Komfort. Das Haus sei ganz leer, er müsse seine Frau fragen, ob das ginge.

Er fing an mit ihr zu reden, das ging so hin und her, sie redeten einen Dialekt.

»E quanto costa?« fragte Elia.

Der Mann sagte einen Preis, der in der Hochsaison üblich war in einer Gegend wie St. Tropez für eine Wohnung der ersten Kategorie.

Elia stutzte, sagte dann, ob man's vielleicht mal sehen könnte.

»Si, ma si.«

Ein Schlüssel wurde gesucht, dann ein Fußmarsch von zehn Minuten auf einem staubigen Weg voller spitzer Steine, Glassplitter und Bauschutt. Und dann war da in einem dieser unbewohnbaren Häuser im ersten Stock eine große, kalte Wohnung, sehr groß und fast leer. Mit vielen Betten drin, häßlichen Schränken, die Wände waren gesprungen, weil man zu feucht verputzt und gemauert hatte. Die Frau öffnete die Fenster und Jalousien, damit die Sonne hereinkam. Jetzt war es etwas besser.

»E quanto vuole?« fragte jetzt Karl.

Er fing wieder mit diesem Preis an. Karl sagte, das wäre zuviel, die Saison sei zu Ende, und wenn sie so viel zahlen müßten, könnten sie nicht so lange bleiben.

Dann würden sie unten auch nicht so viel essen.

Da gingen sie mit dem Preis herunter. Bis zur Hälfte. Das war immer noch zuviel, aber es ging.

Gepäck heraufholen. Schlüssel nehmen. Gegend erkunden. Der Strand war, aus der Nähe gesehen, nicht mehr so paradiesisch. Diese Häuser kamen ihm zu nahe und hatten den Schutt zu weit herangeschoben.

»Wir sollten erst essen«, sagte Elia, »und einen hinter die Binde gießen.«

Der Mann erbot sich, eine großartige Fischplatte zu grillen, mit Salat und Brot und Wein. »Ma molto insalata«, sagte Elia, »e per la prima un sambuco.«

Sie schüttete diesen ekelhaften Likör ohne Pause in sich hinein.

»Da möchte ich mal sehen«, sagte Karl, »wie wir mit dem Geld auskommen sollen.«

»Kommt Zeit, kommt Rat«, sagte sie, »und wer glücklich ist, sollte nicht so prosaisch denken.«

Vor der Bude war eine große Betonfläche, erhöht über dem Sandstrand, nicht zu Ende gebaut; das Baustahlgewebe schaute an den Seiten noch heraus, war mit Plastiktüten behängt, damit man es sehen konnte und sich daran nicht verletzte. Diese Terrasse war mit Rabitzmatten zum Teil überdeckt, an anderen Stellen hatte der Wind sie abgerissen. Darunter waren bunte Glühbirnen. Die Träger dieses Sonnendaches waren zusammengenagelte Bretter, die vom Bauen übriggeblieben waren.

»Wie die sich immer zu helfen wissen«, sagte

Elia. »Guck dir bloß mal an, mit was für einfachen Mitteln die hier so ein Ding aufstellen. Das sind eben Italiener.«

Karl sagte, er habe kein Vertrauen zu der Fischplatte. Außerdem sei die Küche ja kalt, er müsse erst den Grill anheizen, und bis jetzt rieche es immer noch nicht nach Feuer. Es sei denn, er grille elektrisch.

Der Mann brachte eine Papiertischdecke, stellte Essig und Öl hin, brachte altes Brot und eine Flasche Wein.

Sie fingen an, den Wein zu trinken, das Essen blieb aus, und Elia holte die zweite Flasche.

»Man kann an verschiedenen Anordnungen in diesem Raum und an der Art, wie die Fische gelagert sind, ablesen, wie die Leute sind. Er bringt das Essen so spät wie möglich, damit wir mehr trinken, damit...«

»Ach, hör auf. Das ist doch alles egal, wir besaufen uns jetzt.«

Und das gelang ihnen auch.

Das Essen kam spät. Der Salat bestand aus zwei Salatblättern, kleingeschnitten, einer Tomate, zwei Oliven. Die Fischplatte war ein einzelner, älterer Fisch – aber sie waren im Suff schon so selig und vor Hunger halb gestorben, sie aßen das auf, verlangten Brot nach und torkelten dann an den Strand, gingen nicht weit und sanken in den warmen Sand.

Elia zündete sich einen Joint an, und Karl dachte, daß sie über einen erheblichen Intelligenzquotienten verfügen müsse, weil sie ihn nie fragte, ob er sie liebe. Für ihn war es immer ein Beweis von Dummheit, wenn eine Frau ihrem Kameraden Liebesgeständnisse abverlangte. Dergleichen ging ihm immer sehr auf die Nerven. Es war doch nichts leichter, als drei Worte dahinzureden. Mit mehr oder weniger Betonung, je nach Bedarf auch mal gestottert und mit abgewendetem Blick. War man in seiner Lumpenphase, konnte man sogar gut damit arbeiten. Wie viele Frauen hatten sich schon jemandem hingegeben, weil er glaubhaft Liebe gestehen konnte! Und wenn er zurückdachte, hatte er selbst in der Zeit, wo er nur jagte und Abschüsse sammelte, damit Unfug getrieben. Mit viel Erfolg.

Elia schien nicht dumm zu sein.

»Weißt du, daß man aus der Anordnung von Gegenständen die Situation ablesen kann, die im Augenblick zu einem Menschen gehört?«

»Was heißt das?«

»Ich meine, wenn ich hier dieses kleine Stück

Holz, die verzauste Krähenfeder und die Strandblume nehme, und ich stecke sie so in die Erde, wie es mir gerade in der Hand liegt, dann entsteht eine bestimmte Anordnung. Wenn *du* es tust, ist die Anordnung ganz anders. Wenn es wieder jemand anderer tut, ist es wieder anders. Diese Anordnung entspricht dem Gesetz, dem du im Augenblick zugeordnet bist. Deinem augenblicklichen Schicksal. Wenn man das Zeichen zu lesen verstünde, könnte man daraus erkennen, was jetzt mit dir los ist. Was du heute tun wirst, und möglicherweise, was dir auch weiterhin geschehen wird.«

Sie dachte eine Weile nach, zog an ihrem Joint und sagte: »Ich weiß genau, was du meinst.«

»Wenn du diese drei Holzstücke in die Luft wirfst, dann fallen sie bei dir ganz anders als etwa bei mir. Oder bei einem anderen. Die Kunst wäre nur, daraus zu lesen. Und eigentlich ist alles ganz klar und unterliegt einer einzigen Urformel. Ein ganz kleines Gesetz, dem der ganze Kosmos unterliegt.«

Sie sah weit in die Ferne und sagte: »Manchmal weiß ich das alles. Glaubst du das?«

»Es ist kein Unterschied«, sagte Karl, »zwischen dem, wie der Wind diese ungeheuer schöne

Strandlinie biegt, und der Bewegung der Milchstraße.«

»Wenn du das sagst, begreife ich es mit einmal. Seit ich mit Alain zusammen bin, ist mir das alles plötzlich klargeworden. Alain weiß das alles. Mit ihm kannst du über das alles reden.«

Karl dachte: Weglöschen, was sie da redet. Sofort vergessen, denn Alain war nichts weiter als ein Kiffer, der vor sich hinstarb und nichts, nichts wußte.

»Die Bewegung der Milchstraße«, sagte Karl. Er war etwas aus den Gedanken geworfen. Er fühlte noch den Wein in seinem Kopf kreisen. »Wäre der Mensch noch in seinem Gesetz, könnte er diese Zeichen lesen. Dann wüßte er, was er zu tun hat, um bestmöglich zu leben. Der Wüstenwolf ist im Einklang zu seinem Gesetz, das ihn den Tod sehen läßt, den sein Artgenosse an einer bestimmten Stelle gestorben ist und die er meiden muß, um dem Sterben möglichst aus dem Weg zu gehen.«

»Das ist doch ein wahnsinniger Tag heute, findste nich?« sagte sie.

Karl hatte lange keinen kleinen Rausch mehr gehabt. Er war früher ein begeisterter Säufer gewesen, hatte im Laufe der Jahre eine Übung darin entwickelt, immer nur so viel oder so wenig zu trinken, daß sein Geist anfing zu flirren, zu fliegen, sich über die Erde zu erheben. Er trank niemals mit jemandem anderen zusammen, weil ihn jeder störte und er niemanden kannte, der diese Kunst des kleinen Rausches beherrschte. Es gehörte viel Disziplin dazu, denn ein Glas zu wenig und ein Glas zuviel verhinderten dieses Sicherheben. Auch war jeder Rausch von jedem Alkohol ein anderer. Das war, als ob jede Art Alkohol einen anderen Geist in sich hatte. So trank er am Meer am liebsten Absinth. Den es noch in Spanien gab, wovon er sich, fuhr er von dort nordwärts die Küste weiter, immer ein, zwei Flaschen mitnahm. Vom Faß abgefüllt. Davon durfte man nur zwei Gläser trinken, am besten auf nüchternen Magen, und konnte dann die Betäubung im Kopf nachspüren, die von dort aus die Glieder etwas lähmte und den Körper von einem entfernte. Und dann konnte man den Wind über das Meer herüberkommen spüren, am besten waren da die Tage des Mistrals. Nur durfte man keinen Tropfen zuviel trinken, dann wurde man auf dumme Weise dumm-stumpf-taub.

Dann galt es auch, im rechten Augenblick dieses Entfernungsgefühl abzufangen, indem man etwas aß. Auch da kam es auf den Augenblick an, fast auf die Sekunde. Denn danach kam eine Leere. Und das kannst du nicht machen, wenn jemand daneben sitzt, der dummes Zeug schwätzt.

Jede Landschaft brauchte ihre eigene Art von Rausch. Absinth, in den Alpen getrunken, wäre zum Kotzen gewesen. Oder der Bacardi-Rausch, der wieder ganz anders war. Der im Kopf kreiste und Gedanken aufwirbelte wie ein mittelstarker Orkan. Hier wäre es möglich, einen Genossen dabei zu haben, nur mußte der sich in ähnlichem Zustand befinden. Unmöglich ist es, wenn zwei beisammen sind, von denen einer sich im Rausch befindet und der andere nicht. Ein guter Säufer wird niemals mit jemandem oder vor jemandem seinen Rausch erleben, der nicht trinkt.

Also am besten immer allein.

Der Weinrausch ist ein anderer als der Bierrausch. Den Bierrausch kannst du nur unter Kastanien erleben, mit deftigem Fleisch und gleichzeitigem Essen. Die Sonne muß flimmern, und um dich herum müssen Menschen sein, mit denen du keinen direkten Kontakt hast, unter denen du anonym bist, zu denen du aber auf wunderbare Weise gehörst. Der Mensch ist ein Mensch, und alle Menschen gehören zusammen.

»Das stimmt«, sagte Elia, »ich kann das alles noch nicht so ganz, ich kenn mich besser bei Hasch aus. Koks. Ich hatte auch schon so meine zwei, drei Trips mit LSD.«

»Was stimmt?« fragte Karl, weil er meinte, nichts gesagt zu haben.

»Na, was du sagst. Von den Räuschen.«

»Hab ich denn was gesagt?« sagte Karl. »Ich glaube, daß das, was man denkt, in der Luft schwebt. So wie Radiowellen, und wenn man etwas denkt, denkt der andere zwangsläufig das gleiche, wenn etwas in ihm auf diesen Empfang eingestellt ist. Mindestens aber in der gleichen Richtung. Wenn man das einmal in sich hat, kann man damit fast manipulieren. Ich will, daß einer von etwas anfängt zu reden, werfe den Gedanken aus. Wenn er sich nicht dagegen sträubt, fängt er an, davon zu reden.«

Das war ein warmer Tag. Es lagen keine Abfälle vom Sommer mehr da, man hatte den Strand anscheinend gesäubert. Der Regen hatte seinen Teil getan, das Meer hatte viel weggeschwemmt.

»Es gibt doch keine einzige Muschel mehr«, sagte Karl. »Sie haben alles leer gesammelt, einschließlich der Muscheln, die das Meer immer wieder anschwemmt Keine Muscheln, keine gebleichten Vogelknochen, keine getrockneten Fische, Mann, o Mann, was ist aus dieser Welt geworden! Und wie wird das in fünfzig Jahren erst sein.«

»Wenn du glücklich bist, Karl, wie ist das dann? Könntest du das sagen?«

»Das kann ich sehr genau sagen«, sagte Karl. »Das ist ein Gefühl, hinten im Kopf, etwa wie eine Ekstase. Ein Thrill würde ich sagen, wenn ich die Bedeutung des Wortes genau verstünde. Ein Flirren, ein Glimmern, so etwa wie Schweben, es liegt genau über der Stelle, wo der Kopf auf der Wirbelsäule sitzt.«

»Und was brauchst du dazu, um das Gefühl zu bekommen?«

»Nichts«, sagte Karl. »Nur mich selbst und meinen Geist.«

»Dann kannst du jederzeit und immer diesen Zustand erzeugen.«

»Ja«, sagte Karl. »Eigentlich immer, und ich bin fortwährend in diesem Zustand. Wenn ich keine Schmerzen habe.«

»War das immer so, seit du denken kannst?«

»Nein«, sagte Karl. »Das hat sich gesteigert, seitdem die Schmerzen kamen, und zwar immer dann, wenn die Schmerzen ausgeblieben sind.«

»Was denn für Schmerzen?«

»Von denen ich immer rede.«

»Du hast nie von Schmerzen geredet.«

»Du hast nie zugehört.«

»Ich höre immer zu. Was denn für Schmerzen, Mensch? Das ist doch furchtbar. Dann müßte ich fortwährend und ohne Pause im Paradies leben, ich habe nie Schmerzen. Wo hast denn du Schmerzen?«

»Im Leib, im ganzen Leib, und sie sind manchmal so schlimm, daß ich krepieren möchte.«

»Und woher?«

»Mich hat einen Tag vor Kriegsende ein Splitter im Bauch erwischt. Zack, ein Schlag, und dann gab es keine Ärzte mehr. So irgendein Halbassistent hat mich damals halbwegs zusammengeflickt. Bis ich vierzig war, blieben die Schmerzen noch ziemlich schwach.«

»Da mußt du doch dringend zum Arzt, du dämlicher Affe, das kann man doch nicht so laufen lassen.«

»Arzt«, sagte Karl. »Ich laufe seit acht Jahren ununterbrochen von einem zum anderen Arzt. Sie sagen, da ist nichts. Außer den Narben, die sich nicht ändern lassen. Vor fünf Jahren konnte ich's nicht mehr ertragen, der Bauch wurde wieder aufgeschnitten, neu zusammengenäht, diese Operation war so schlimm, Mann o Mann, ich möchte lieber zehnmal krepieren, als das noch einmal zu erleben. Schon die Narkose war zum Kotzen. Du wirst in so einen Keller geschoben, wo vermummte Schlachtergestalten herumlaufen in grünen Kitteln. Einer haut dir eine Spritze rein, ohne dich anzusehen. Und dann schlägt es dir die Beine unter dem Leib weg, wie mit dem Schwert gesäbelt. Du wachst auf, wie von einer Granate zerschmettert, mit Schmerzen, die man nicht beschreiben kann. An allen Enden hängen Schläuche, und aus dem Leib hängt ein Beutel, in den Eiter und Blut tropft. Dann bekommst du einen etwas lächerlichen Zustand, der so etwas wie eine dümmliche Lustigkeit erzeugt, aber die Schmerzen unten drunter voll weiterlaufen läßt. Sie haben dir irgendein Rauschmittel gegeben. Deswegen versteh ich die Kiffer nicht. Was das bringt, ist doch nichts weiter als dieser dümmliche Zustand. Das kommt auch aus der Ferne nicht an mein Glücksgefühl ran. Das ist ein Zustand, den man nicht beschreiben und nicht vermitteln kann. Wenn er das erste Mal aufkommt, dann ist das wie das Abfallen einer Schicht, die dich bedeckt hat. Das kann unter den armseligsten Umständen geschehen. Du sitzt an einer Straße, wo nichts anderes geschieht, als daß Autos vorbeifahren, und auf einmal hast du's. Und immer meinst du, besser kann es nicht werden. Aber dann kommen immer wieder Steigerungen. Und immer, wenn du in einen Abgrund fällst, dich etwas total zerschmettert und du daran nicht zerbrichst, kommst du ein, zwei Stufen höher daraus hervor. Ich meine manchmal, man muß immer wieder zu Fetzen gehauen werden, um danach mehr und mehr gereinigt von allem, was einem auf dieser Welt anhängt und nach unten zieht, herauszukommen. Man kann nicht darüber reden, weil man das nicht beschreiben kann. Man kann sich mit Sprache in wesentlichen Aussagen nicht verständigen.«

»Aber ich weiß so genau, was du meinst, Karl.«

»Man befindet sich in diesem Zustand in einer solchen Freiheit von allen Dingen und von allem Denken. Manchmal denke ich, ich sollte froh sein über diese Schmerzen, weil sie alles, alles an mir wegbrennen, und das, was bleibt, das bin ich in meiner Urgestalt.«

»Hast du jetzt Schmerzen?«

»Nein.«

»Und die Operation hat nichts genützt?«

»Nein. Die Schmerzen wurden immer schlimmer. Ich dachte jedes Mal, die Grenze des Erträglichen sei jetzt erreicht. Aber es geht immer weiter. Man glaubt in kindlicher Einfalt und seligem Vertrauen an die Wissenschaft, es gäbe immer noch etwas, was man tun könne. Aber die Grenze, wo nichts mehr geht, ist näher, als irgendeiner nur glaubt. Und dann, wenn du das alles weißt, wird der ganze kleine Mist dieser Welt so lächerlich.«

Der Rausch verflog, es kam eine Müdigkeit, und sie schliefen aneinandergeschmiegt ein.

Als sie aufwachten, stand die Sonne zwei Handbreit über dem Horizont, und es war kühl geworden. Sie hatten jetzt keine Lust mehr zu reden, gingen, die Arme umeinandergeschlungen, in dieses Appartement.

»Ich habe Hunger, Karl«, sagte Elia, »laß uns gleich zum Essen gehen, solange es noch etwas warm ist. Dann können wir den Sonnenuntergang sehen.«

Eine große Platte, sagten sie dem Mann, mit vielen Fischen. Capisce?

»Si, si, viel Fisch. Diesse Fisch und diesse Fisch, vill Fisch. Wollen Wein?«

Er brachte wieder Wein, zwei Gläser. Öl und Essig, wofür denn?

»Ich sage ihm«, sagte Karl, »er soll das Brot auf den Grill legen.«

»Si, si, Pane. Cosi. Capisco.«

Die Sonne stand schon knapp über dem Meer. Das Essen kam nicht, Elia brauchte einen Sambuco. Zwei. Fing schon jetzt mit dem Joint an.

»Woher kannst du eigentlich Italienisch, Karl?«

»Ich habe einmal mit einer Italienerin zwei Wochen auf einer griechischen Insel in einem Haus gewohnt.«

»Erzähl doch mal!«

»Ach was. Das ist schon zwanzig Jahre her.«

Das war die schönste Liebesgeschichte seines Lebens gewesen.

»Ach, komm. Los, erzähl doch, bis das Essen kommt. Wo war das denn?«

»Rhodos.«

»Rhodos ist doch Scheiße.«

»Nicht überall. In Lindos nicht.«

»Was ist Lindos?«

»Ein kleines, weißes Dorf an einem Berg, wo keine Straße hineingeht, wo keine Straße mehr weitergeht. Unten drunter das Meer, und auf einem Berg eine Akropolis. Damals gab es keine Fremden da. Es gibt noch heute kein Hotel dort.

Das war damals ein Traumort. Ganz still, und die Zeit zieht dir langsam über die Füße. Das Meer ist blau, und hinten in einer Bucht ganz tief. Du kannst unten auf dem Grund fast mit bloßem Auge noch Amphoren sehen. Du hörst mittags bloß die Bienen summen. Die Fischer sagen, daß die Krähen dort achthundert Jahre alt sind.«

»Und dort warst du? Wie kamst du denn dahin?«

»Ich fuhr mit dem Autobus und habe verpaßt, auszusteigen. Er endete dort, ich konnte am gleichen Tag nicht mehr zurück, suchte mir ein Zimmer bei jemandem, irgendeinem Griechen, und blieb dann acht Wochen.«

»Ich denke zwei?«

»Nein, erst in der sechsten Woche kamen wir zusammen.«

»Wie hieß sie denn?«

»Mirella. Königin des Dorfes. Sie sang den ganzen Tag. Wo sie durch die Straßen ging, freuten sich die Leute. Sie brauchte nirgendwo zu bezahlen. Die Fischer schenkten ihr Hummer, die Einwohner Wein, Obst, Feigen. Sie wohnte in einem ungeheuerlich schönen, weißen Haus, das ihr jemand einfach zur Verfügung gestellt hatte. Sie zu suchen, war ein Kinderspiel. Man brauchte sich nur oberhalb des Dorfes hinzustellen und warten, wann in der Stille jemand ›Jassu Mirella‹ rief oder sie irgendwo sang.

Sie war so sauber wie eine Quelle, und wenn sie in das Cafeion, oder wie das heißt, kam, war die Stimmung auf eins. Sie sprach nur Italienisch. Hat mir erzählt, daß sie so durch die ganze Welt fuhr, allein, und immer dieses fabelhafte Italienisch sprach. Ganz akzentuiert und ganz klar, und jeder verstand sie überall. Hätte ich das nicht selbst erlebt, einmal an den Leuten in dem Dorf und dann an mir selber, würde ich das nie geglaubt haben.

Von da an hab ich begriffen, wie die Apostel zu Pfingsten hinaustraten und in allen Sprachen redeten. Es gibt eine Sprache, die von jedem verstanden wird. Aber dazu gehört die Reinheit dessen, der sie spricht. Bei den Aposteln war es dann so, daß der heilige oder der reine Geist über sie kam.«

Sie stand auf und holte sich jetzt gleich zwei Sambuco.

»Ich habe sie so geliebt, daß ich diesen Ort nicht verlassen konnte. Ich wäre nicht auf den Gedanken verfallen, mit ihr zu schlafen. Wir sprachen immer zusammen, weil sie mit allen sprach. Eines Tages lag ich unten am Strand, da kam sie gegen Mittag, verschwitzt und abgehetzt, und sagte, sie habe mich überall gesucht. Sie hatte zwei Esel dabei, und wir würden am Meer entlang bis ins nächste Dorf reiten.

Wie das war, kann man nicht beschreiben.

Sie hatte die Esel wieder von irgendwem geliehen bekommen. Wir ritten einen schmalen Bergpfad entlang, auf dem wirklich nur gerade ein Esel gehen konnte, links war ein steiler Hang. Aber was sie machte, war alles ganz einfach. Wir kamen dann wieder zum Meer. Sie zog sich nackt aus zum Baden...«

»Und dann hast du sie gebumst. Sag das doch.«

»Ich bin dann zu ihr in das Haus gezogen, das war...«

»Jetzt sind wir schon wieder bei deinen Scheiß-Weibergeschichten. Entweder ihr redet von euern Wehwehchen oder vom Krieg oder von Weibern. Gibt es denn auf der Welt keinen alten Mann, der von was anderem redet?«

»Du hast mich danach gefragt.«

»Schon gut.«

Das Essen kam nicht, die Flasche Wein war leer, von dem Likör, dem Wein und dem Joint hätte es ihr kotzübel sein müssen, dachte Karl.

Sie guckte über das Meer und sagte: »Siehst du,

wie unendlich schön die Sonne im Meer versinkt, diese Farben sind doch nicht zu beschreiben. Da ist Lila und Rot und Blau und Gelb.«

Das war ein ganz gewöhnlicher, eher ein armseliger Sonnenuntergang vor einem grauen Himmel, nicht einmal die Wolken waren gerötet. Von unten vom Beton zog es kalt herauf. Die Kinder plärrten, zerrten an einem Tischfußballspiel, die Musikbox zeterte einen kitschigen Schlager. Alles in allem war diese Stimmung hier so nervös wie vor einem Gewitter. Und das Essen kam nicht. Sie soff bloß noch allein, Karl wurde es kalt.

»Hast du schon mal mit einem Neger geschlafen?«

»Ja«, sagte sie.

»Wo?« fragte er, denn sie war vor etwa zwei Monaten zum Geburtstag bei einer Freundin gewesen, und am nächsten Tag, früh um sieben, war sie zu ihm gekommen, hatte gesagt, sie habe dort genächtigt und sich so nach ihm gesehnt, daß sie aufstehen und zu ihm kommen mußte. Mit ihm schlafen. Was auch sofort geschah.

Karl hatte dann etwas später von einer Freundin, die auch dort war, erfahren, daß in dem Haus da genau an jenem Tag ein Negerstudent eingezogen war. Untermieter. Man hatte ihn zum Kaffee heruntergeholt, und sie, Elia, sei sofort nach dem Kaffee mit ihm nach oben gegangen und habe mit ihm bis nächsten Tag um sechs gebumst, man konnte das hören, und sei dann aus dem Haus gegangen. Das, meinte er, würde sie jetzt erzählen.

Sie sagte: »In Berlin. Ich war damals an der Uni, und da war ein Massai. Du weißt schon, diese ganz langen, unheimlich schönen Neger, die fast europäisch aussehen. Ich war immer scharf auf den, habe mich dann neben ihn gesetzt, na, und dann haben wir gebumst.«

»Ist das anders?«

»Anders. Die Neger ficken ganz kurz und ganz hart. Weißt du, so ganz kurze Stöße. Vier, fünf oder auch zehn hintereinander, und dann kommen sie sofort. Aber das die ganze Nacht. Immer kurz hintereinander. Unheimlich schön. Aber die besten Schwänze haben die Juden. Ich kann auch nicht sagen, warum, wahrscheinlich weil sie beschnitten sind.«

»Alain«, sagte Karl.

»Ja, Alain zum Beispiel.«

Da lag eine ganz verfluchte Spannung in der Luft. Nitroglyzerin auf einem schmalen, flachen Messer balanciert.

Der Mann brachte jetzt die Fischplatte. Da lagen eine Sardine drauf und ein hartgebratener Fisch, wie am Mittag. Das Brot hatte er verbrannt, es war inzwischen auch kalt geworden.

»Vuole più?« fragte er. Wollen Sie mehr?

Er brachte noch etwas altes Brot. Im Salat lag eine tote Fliege.

Elia war nervös, ihr war jetzt wohl endlich schlecht von dem Likör, dem Wein und dem Haschisch. »Weißt du eigentlich, daß du mich auf der ganzen Fahrt nicht mehr gebumst hast?«

»Weil ich Schmerzen hatte.«

»Was für Schmerzen denn?«

»Ich hab dir heute nachmittag doch von Schmerzen erzählt.«

»Weiß ich nicht.«

»Außerdem eitert mir der Wasserhahn.«

»Eitert dir der Schwanz? Und das sagst du nicht. Du bist ja die größte Drecksau, die ich kenne. Du hast dir was geholt, da kannst du mir doch erzählen, was du willst, da kann ich ja froh sein, daß ich mit dir nicht geschlafen habe.«

»Wenn ich mir was geholt habe, dann von dir. Reden wir doch mal von Griechenland.«

An ihrem Gesicht, und weil sie sich nicht mehr ganz unter Kontrolle hatte, wußte er, daß es so war. Und in der Tat hatte er sich bei ihr angesteckt. Sie war inzwischen beim Arzt gewesen, war weitgehend ausgeheilt, hatte ihm aber nichts gesagt, einmal, um sich lange Diskussionen zu ersparen, und zum anderen, weil er sich nicht unbedingt angesteckt haben mußte. Der Arzt hatte gesagt, das müsse nicht sein, es käme auf die Abwehrkräfte an. Und jetzt brachte sie wieder in vollendeter Schauspielkunst eine Empörung auf die Bretter, die sich sehen lassen konnte. Sie steigerte die Stimme zu einem so verhaltenen Schreien, daß man es über den ganzen Strand hören konnte. Die Italiener hier nahmen aber keine Notiz davon. Ein Gefühlsausbruch nach italienischer Art, der nachher im Bett enden würde.

»Du bist ein solches Schwein, eine solche Sau, wie ich das in meinem ganzen Leben noch nicht erlebt habe. Du kannst diesen ganzen verfluchten Fisch allein fressen, du kannst dir den Wein an den Hut stecken. Du kannst mit deinem kleinen, dreckigen Fiat weiterfahren, ich fahre morgen allein. Ich nehme jetzt meinen Wein und gehe ins Bett.«

»Nein«, sagte Karl, »da reden wir noch weiter. Reden wir doch mal von deiner verdammten Reise nach Griechenland und reden wir mal von dem Neger bei der Geburtstagsfeier. Reden wir mal davon, wie du deine ganze Umgebung auffrißt, alles, was da liegt, in dich hineinschiebst. Anderen Leuten, die nicht einmal zu dir gehören, das Beste vom Teller wegschnappst, denn auf der Welt geht es nur um dein eigenes Wohlergehen. Nur möchtest du dafür nichts aufwenden. Läßt dich von einem armen Schwein wie Erich nach Griechenland kutschieren und läßt ihn in dem berechtigten Glauben, daß da was geht. Denn anders wird doch wohl kein Frauenzimmer mit jemandem vier Wochen lang in einem Wohnauto durch die Gegend fahren, oder?«

»Tob dich nur aus, mein kleines, armes Karlchen.«

»Und dem du dann eine Vorstellung gibst, die an Sadismus nicht zu überbieten ist. Dabei bedient er euch noch, chauffiert euch alle drei an die schönsten Strände. Kannst du dir überhaupt einmal eine Minute lang vorstellen, wie ihm zumute war? Du kannst mir ja überhaupt nichts Besseres anbieten als die Trennung morgen. Ich würde ja viel lieber heute abhauen. Das werde ich auch tun. Küß die Hand.«

Karl ging zu dem Italiener, verlangte die Rechnung, wollte zahlen, seine Sachen packen und weg. Bloß ganz schnell weg. Der Italiener hatte freilich mitbekommen, daß da das totale Chaos ausgebrochen war, und nannte einen Preis, für den man im Ritz eine Hochzeit hätte feiern können. Karl war jetzt nicht in der Stimmung, auch noch mit dem zu streiten. Hatte aber kein italienisches Geld.

»Egal, egal«, sagte der Italiener, »deutsch Geld gut.«

Wieviel er dann wolle.

Er wollte noch einmal fast das Doppelte der hohen Rechnung. »Hier nix banco.«

Sie saß noch draußen und paffte. Da ging Karl zurück, sagte: »Hast du noch italienisches Geld?«

»Nein.«

»Dann müssen wir morgen auf eine Bank fahren und wechseln.«

Sie gingen, einer gegen den anderen voller Feindschaft, in dieses Appartement, legten sich ins Bett, zogen jeder die Decke gespannt über sich und drehten sich den Rücken zu.

In der Nacht kamen Karls Schmerzen wieder. Er konnte nicht schlafen, dachte, wie es sein würde, wenn er den Rest der Reise allein machen würde, war auf diese Art wieder glücklich. Verwarf dann aber den Gedanken, denn er kannte sie inzwischen gut genug, um zu wissen, daß sie morgen kein einziges Wort über diesen Streit sagen würde.

Als sie aufstanden, war da ein wohltuendes Schweigen. Ohne Haß, ohne Verkrampfung, eine Art große Ruhe, die sich auch über die Landschaft erstreckte, lag über allem. Das Meer war spiegelglatt, kein Wind wehte, und als Elia sagte: »Wir könnten uns doch Fische kaufen und Wein, und du könntest sie grillen. Bei diesem Kerl da kann man nicht mehr essen«, war das so, als ob zwei Reisende durch Zufall ein Stück gemeinsamen Weges gehen mußten, jeder mit den Gegebenheiten seiner Branche beschäftigt, und einer schlägt vor, doch gemeinsam ein Taxi zu nehmen. Bis zum Platz der Freiheit etwa.

Karl war auch nicht der Mensch, der lange über eine Verstimmung nachdachte; was hinter ihm lag, war weg, und diese Ruhe über dem Meer hätte einen großartigen Tag bringen können.

»Wir müssen sowieso auf eine Bank«, sagte er, und die Stimmung war so gut, so ruhig und problemlos wie noch an keinem Tag auf dieser Reise. Die Frage, wie sie zueinander standen, war weg von der Welt. Sie fuhren in den nächsten Ort, der weg vom Meer ins Land hinein lag. Die Bank war geschlossen. Zwei Stunden warten. In einem Café sitzen, dann draußen an einem Platz, und für Karl: den alten Leuten zusehen. Sie gingen langsam, mit leeren Augen. Das Leben hatte sie leergebrannt, wie wenn in einem Ofen das Feuer ausgeht, weil kein Holz mehr drin ist: Er ist noch warm, aber leer, und die Asche fällt mehr und mehr durch den Rost. Das Holz, dachte Karl, was ist das Holz? Man müßte einen Weg finden, um Holz nachzulegen, dann würde das Feuer wieder aufflackern und der Ofen wieder brennen. Eine Weile war es ihm gewesen, als wäre dies geschehen, nämlich in den ersten zehn Tagen mit Elia.

Die Stadt war verfallen. Alte, graue Häuser, die meisten Ruinen. Nur in den freien Lücken hatte man auch hier aus Hohlblocksteinen neue Häuser dazwischengesetzt. Nicht zu Ende gebaut, die Dächer irgendwie zusammengeflickt draufgesetzt, und so wohnte man dann. Schutt und Dreck lagen seit Jahrhunderten da. Wenn Städte verlassen werden, bleiben manchmal ein paar Leute zurück und gehen leichten Geschäften nach, um sich ohne viel Arbeit zu ernähren.

Um elf öffnete die Bank für eine Stunde.

»Dove si puo comprare di pesche? – Karl, heißt das jetzt pesce oder pesche? Ich bringe das immer durcheinander.«

»Pesce.«

Hier gab es keine Fische im Dorf. Italiener, die in der Nähe des Meeres wohnen, essen keine Fische, sie hängen ihnen zum Hals heraus. Als Kinder wurden sie immer nur mit Fischen gefüttert.

Diese sterbenden Städte hatte Karl gern, weil in ihren Mauern die Ereignisse von Jahrhunderten steckten. Er vermeinte, die Lebensgeschichte aus ihnen lesen zu können. Er konnte da stundenlang auf einem Stuhl vor einem Café sitzen und die Tapeten an einem eingefallenen Haus anschauen.

Die Fetzen, die aufgeklebten Fotos aus Illustrierten. Geschichten, Geschichten.

»Dann kaufen wir was anderes«, sagte Elia.

Sie kauften Schinken. Vom Besten und nicht zu wenig. Obst, etwas Käse. Rote Paprika und Wein und Brot. Gingen auf den Markt. Bevor die Touristen kamen, hätte man so, wie Elia heute aussah, nicht durch so einen Ort gehen können, ohne einen Tumult zu verursachen. Sie hatte vollen Kriegsschmuck angelegt und trug ein weißes Kleid, das als Urgroßmutters Unterrock zu erkennen war. Mit schönen Spitzen und Stickereien, aber auch geflickt und zerschlissen. Sie hatte bunte Tücher oben umgelegt, war fabelhaft geschminkt, die Haare umwallten leicht und wirr den Kopf, den großen Mund mit diesen glatten, weißen Zähnen – es war, als ob sie zum Abschied dem alten Karl noch sagen wollte: »Siehste, und so etwas wirfst du weg.«

Und wenn er sie so ansah, war sie wohl das, was er sich unter einem Augenschmaus vorstellte. Sie hätte ein exzentrischer Filmstar genausogut wie eine Kokotte sein können. Früher hätte man sich hier, ohne zu überlegen, für das letztere entschieden und sich so verhalten. Die Medien haben das Volk verunsichert.

Die Leute sahen ihnen nach, aber vorsichtig, grinsten nicht, langten sie nicht an. Wenn man sie voll ansah, blickten sie weg. Elia genoß das und schlenderte herum zwischen den aufgeklappten Autos, aus denen die Waren angeboten wurden, provisorischen Marktständen und auf dem Boden ausgebreiteten Gemüsen.

»Eine Melone, Karl! Die kosten doch fast nichts, ja? Grüne oder gelbe?«

Sie kaufte einen Kamm, zwei Haarspangen und ein rosa Band. Karl ein Taschenmesser aus Holz, rot angemalt, mit eingeschnitzten Kerben. Sie kauften in einer Weinhandlung vier Liter offenen Wein, zwei Liter rot, zwei Liter weiß.

Dann fuhren sie zurück.

Unterwegs packte Elia den Schinken aus, fragte: »Willst du auch mal probieren, Karl?«

Aber Karl hatte keine Lust, während des Fahrens zu essen, und schon gar nicht, wenn's Schinken von der besten Sorte ist.

Sie sagte: »Ich muß unbedingt wieder abnehmen, ich darf kein Brot mehr essen«, und aß den ganzen Schinken.

Karl sagte nichts, das betraf ihn nicht mehr.

Das Schweigen war für beide ein beglückender Zustand. Ohne Wind war der Sand trocken und warm. Sie nahmen Wein mit und Brot und setzten sich an den Strand. Obst, etwas Käse, Karl hatte keinen Hunger.

Elia las Castaneda, ›Die Reise nach Ixtlan‹. Sie sagte: »Hier steht, daß man nie etwas in der Hand tragen darf, damit man die Hände immer frei hat. Wenn etwas zu tragen ist, soll man es an die Schulter hängen. Das tust du doch immer.«

»Ja«, sagte Karl.

Dann stand er auf und ging am Wasser entlang, ein Ende des Sandstrandes war nicht zu erkennen. Leichte Schmerzen im Leib kündigten sich an, er hatte keine Lust, mit jemandem zu reden.

Dann wurden die Schmerzen stärker. Er fühlte mit den Händen den Sand, suchte eine Stelle, wo er trocken und warm war, von hier aus konnte er sie nicht mehr sehen, er war weit gegangen. Er wühlte sich in den warmen Sand. Manchmal gingen die Schmerzen von der Wärme weg, und er holte von der Seite her mehr Sand, bedeckte seinen ganzen Leib und bewegte sich nicht, um den Schmerz nicht weiter aufzuwühlen. Aber er wurde immer stärker. Er erreichte eine Stärke, daß Karl der Schweiß auf der Stirn stand. Nicht bewegen, Junge, nicht bewegen, das wird helfen. Er fing am ganzen Körper an zu schwitzen, was bedeutete, daß dieser Schmerz kaum zu ertragen war. Er versuchte, seinen Körper zu vergessen. Ließ erst die Hände still werden, die Füße, ging die Arme hoch, die Beine, aber er zitterte so und fror dabei und schwitzte, daß er nicht hätte sagen können, ob es ihm heiß oder kalt war. Und dann wurde der Schmerz so stark, daß ein Mensch ihn nicht ertragen konnte. Karl dachte daran, daß die Natur eine Schwelle vor das Unerträgliche gesetzt haben könnte und daß der Mensch, wenn er's nicht mehr ertragen kann, ohnmächtig wird.

Aber das geschah nicht.

Ihm war, als ob die ganze Erde sich verkrampfte und alle Schmerzen der Welt sich hier zu ihm, an diesen einen Punkt hinzögen. Oh, verflucht, oh, du verfluchter Gott, tu doch was! Ich habe dich beleidigt und verflucht, damit du mich tötest. Hast du gehört?

Oder willst du, daß ich beten soll?

Also du strafst mich nicht? Wahrscheinlich weil du blind bist. Du schlägst jetzt zu, um mich zu strafen und triffst einen anderen. Genauso erkenne ich dich wieder: Blind um dich schlagend; denn soweit ich dich wahrgenommen habe, hast du die Falschen getroffen.

Ich rede nicht von mir. Ich rede von dem alten Mann und seiner stummen Frau. Du weißt, wen ich meine, oder bist du auch taub und hast kein Gedächtnis?

Karl hatte während der nationalsozialistischen Regierungszeit in einer kleineren Stadt gelebt, wo am Stadtrand in einer unbewohnbaren Ruine ein alter Mann mit seiner stummen Frau wohnte. Sie hatten oben im ersten Stock ein Zimmer säuberlich wieder hergerichtet. Er hatte die Wände gekalkt, mit hellblauer Farbe sogar einen Zieranstrich zuwege gebracht und oben mit Ofenbronze einen zittrigen Silberstreifen gezogen. Sie hatten einen alten Kanonenofen, zwei aus Brettern zusammengezimmerte Bettstellen mit Strohsäcken und einem Federbett. Einen Tisch, zwei Stühle, eine Art Regal. Ein paar Gardinenfetzen an den Fenstern, und jemand hatte ihnen für den Winter zerschlissene Wolldecken geschenkt. Das Wasser mußten sie dreihundert Meter entfernt aus einem Brunnen holen. Sie lebten davon, daß die Frau zu den Leuten Wäschewaschen ging; er sammelte Holz auf der Halde, versuchte es zu verkaufen. Sammelte altes Eisen. Machte Gelegenheitsarbeiten und galt im allgemeinen als geistig nicht ganz zurechnungsfähig. Denn er sprach wenig, konnte nicht lesen und schreiben und war immer lustig. Sang oder pfiff auf der Straße, und wenn irgendwo ein Kind weinte, nahm er es auf den Arm und schnitt Grimassen oder spielte mit ihm. Ließ sich jagen und fangen.

Wenn jemand krank war, gingen sie beide zu ihm, setzten sich vor das Haus und ließen fragen, ob er sie brauche. Sie machten alle Dreckarbeiten, reinigten die Wohnung, betreuten den Kranken selbst, wenn er sie hereinließ, und beteten für ihn.

Wenn einer starb, ging der Alte zu ihm und redete ihm die Furcht aus.

Sie nahmen nur das, was man ihnen von selbst gab, und es kam oft vor, daß der alte Mann den ganzen Tag für jemanden gearbeitet hatte, und er arbeitete, daß ihm der Schweiß nur so herunterlief, meist half ihm seine stumme Frau noch dabei, es kam vor, daß man ihnen am Ende nur ein altgewordenes Brot gab oder eine Tüte Kartoffeln.

Sie waren nie von Haß erfüllt oder beklagten sich über ihre Not. Sie neideten niemandem seinen Besitz oder seine warme Stube. Sie tanzten miteinander, wenn Straßenmusikanten auf der Straße spielten. Nur manchmal, wenn irgendwo eine Hochzeit war, setzten sie sich unter den Zaun, um sich mitzufreuen oder etwas abzubekommen. Möglicherweise Kuchen.

So, dachte der alte Karl, er hatte vor Schmerzen angefangen zu weinen, hätte ich mir gewünscht, daß du bist, Gott.

Und dann hatten die Nazis das Land gereinigt und von lebensuntüchtigen Elementen befreit. Der alte Mann hatte ein Parteiabzeichen auf der Straße gefunden und es sich ans Jackett gesteckt. Dann kamen sie, zerrten ihn aus dem Haus auf die Straße. Hatten ihn schon die Treppen hinuntergeworfen, daß er nicht mehr laufen konnte. Zogen ihn zu zweit an der Jacke hinter das Haus.

Schweine in Ledermänteln.

Der Mann weinte leise, und sie haben mit ihren verfluchten Stiefeln auf ihn eingehackt, ohne Ende, bis nur noch Blut aus ihm kam. Die Frau war heruntergerannt, die Treppe heruntergestürzt, war hingehumpelt und hatte sich an diese verfluchten Menschen gehängt, gestammelt, wie eine Stumme stammeln kann. Sie haben sie weggetreten, sie lag mit dem Gesicht auf der Erde, es war Winter, aber es lag kein Schnee, und beide waren von Schlamm verschmiert. Und das hatte Karl gesehen.

Und das hast *du* getan, der du Gott sein willst, wenn der Mensch nach deinem Bild und Gleichnis geschaffen ist!

Oder was ist mit deinem Sohn Jesus, der mit seinem Tod die gesamte Menschheit aller Zeiten befreit haben will, wovon offensichtlich aber nichts zu merken ist. Jener alte Mann wäre, ohne eine Minute zu überlegen und ohne am Ölberg zu jammern, in den Tod gegangen, um nur *einen einzigen* Menschen zu retten, und zwar ohne jede Aussicht auf eine Auferstehung, und er hätte kein Wort darüber verloren.

Wenn diese beiden Parteigenossen dein Ebenbild waren, dann habe ich dich gesehen, du Gott.

Der Schmerz war so stark geworden, daß Karl sich aus dem Sand herauswühlte und begann, auf und ab zu gehen. Vor Schmerzen mußte er sich übergeben.

Aber was ist mein armseliger Schmerz gegen das, was du in Vietnam angerichtet hast! Sind diese verfluchten Amis, sind die nicht auch du, die sich mit abgeschnittenen Köpfen der sogenannten Feinde schmücken?

Laß uns doch mal über den Russen auf dem Bahnhof und den lizensierten Mörder in seiner Offiziersuniform reden! Der doch auch nach deinem Bild und Gleichnis geschaffen war!

In jenem letzten Krieg befand sich Karl einmal in einem Transportzug nach Rußland, der auf irgendeinem Heimatbahnhof auf das Weiterfahrtsignal wartete. Es regnete etwas, und auf dem Gleis gegenüber stand ein Gefangenentransport. Russen. Viehwagen, die kleinen Fensterluken oben waren dick mit Stacheldraht versperrt, die Türen zugenagelt, man transportierte sie so, ohne sie zu verpflegen. Vollgepferchte Viehwagen, kein Klo, kein Wasser, kein Brot, meistens kamen nur ausgemergelte Leichen an. Knochenhaufen in bestialisch stinkenden Höhlen.

Da kam aus einer Fensterluke durch den Stacheldraht eine magere, verschmutzte Hand mit einer verrosteten Konservendose, um das Wasser aufzufangen, das vom Wagendach tropfte. Und genau da kam auch ein deutscher Offizier, Marke

Held bis zum Tod fürs Vaterland, den Bahnsteig herunter. Zog sein verwundetes Bein nach, hatte einen schweren Eichenknüppel, auf den er sich stützte. Mit jenen arischen Augen und den schmalen Hüften des Nordmenschen. Sieht die Hand, verzieht das Gesicht im Haß, holt mit aller Kraft aus und schlägt sie mit dem Eichenknüppel ab.

Wenig Blut. Sie hat auf dem Bahnsteig gelegen, sich erst verkrampft, dann die Blechdose losgelassen und wurde dann still. Das Offiziersschwein war wieder Sieger. Schob die Hand und die Konservendose mit dem Fuß unter die Räder des Zuges, sah sich nicht um und ging weiter den Zug entlang, als habe er nur eine Tür zugeschlagen, die offenstand.

Karl hatte sich das Gesicht gemerkt. Hatte sich geschworen, ihn nach dem Krieg zu suchen und umzubringen.

»Ich brauche ihn nicht mehr zu suchen«, haderte der alte Mann Karl mit seinem Gott, »denn er war dein Ebenbild. Da werde ich dir wohl bald begegnen. Und dann werden wir abrechnen, denn du warst er.«

Karl hat später einmal geglaubt, diesen verfluchten Offizier wiederzuerkennen. Im Fernsehen. Es ging um eine Sitzung hochgestellter Wirtschaftsleute. Auch er hinkte leicht, war Industrieboß oder irgendwas. Das war schon zu der Zeit, als der Schmerz ihn befallen hatte und Haß und Rachegefühle nicht mehr seine Sache waren.

Karl dachte: Wer auch immer sich diese Welt ausgedacht haben mag, er muß sie im Haß geschaffen haben, denn sie ist bestialisch.

Nachdem Karl gekotzt hatte, wurden die Schmerzen etwas schwächer. Er setzte sich wieder in den warmen Sand und zeichnete mit einem Stück Holz einen Kreis.

Mit wem hatte er hier geredet, mit Gott? Mit sich selbst eher. Und wollte er nicht laut lachend diese Welt verlassen und ohne Fiasko in den Tod gehen? Warum stellte er sich dann auf einmal so armselig an?

Dann nahm er seine Umwelt wieder zur Kenntnis. Da waren das Meer und die Sonne, nur der Geschmack von der Kotze im Hals erinnerte ihn an das Furchtbare.

Er ging zurück zu Elia. »Ich bin noch so satt«, sagte sie, »ich brauche heute abend nichts zu essen.«

Die Schmerzen waren jetzt ganz weg. Er legte sich in den Sand, ließ sich von der Sonne wärmen.

Weil kein Wind war, blieb es heute lange warm. Bevor sie von hier weggingen, setzten sie sich noch vor die Betonbude auf die Terrasse. Elia trank zwei Grappa, rauchte eine Zigarette nach der anderen, las Castaneda und schaute zwischendurch immer wieder lange aufs Meer. Die Stimmung war friedlich, ein Feierabend, und Karl sah über den Sandstrand in die Ferne.

»Hier steht«, sagte Elia, »daß von einem bestimmten Augenblick an, wo du sozusagen deinem ›Verbündeten‹ begegnest, nichts mehr wirklich ist. Alles ist ab da ein Schauspiel, Phantome, und du suchst ab da immer wieder den Weg zurück zu dem, was davor war. Aber du findest ihn nicht, denn es gibt keinen Weg zurück nach Ixtlan. Nichts ist mehr, wie es einmal war. Nicht einmal die Zeichen am Weg.«

Der alte Mann Karl sah über das Meer.

»Für mich«, sagte Elia, »war diese Begegnung Alain.«

Es wurde erst kalt, als die Sonne hinter dem Horizont verschwand. Sie gingen in dieses Appartement und legten sich in die Betten – wie zwei nach einer langen Ehe: Keiner störte sich am anderen.

»Fahren wir morgen weiter?« fragte Elia.

»Ja«, sagte Karl.

In der Nacht kamen die Schmerzen wieder. Karl lag in dem armseligen Quartier in seinem Bett, Elia lag im anderen, sie drehte ihm den Rücken zu wie immer. Fiel – kaum war sie im Bett – in tiefen Schlaf und schlief ohne Pause bis zum nächsten Morgen. Bekifft oder nicht bekifft, sie schlief *immer* wie tot. Er neidete ihr dieses Glück ein wenig, denn er hatte seit Jahren keine Nacht mehr in einem Stück geschlafen. Doch dann schlief er wohl ein.

Ihm war noch so, als läge er jetzt *neben* seinen Schmerzen, und er konnte diesen Zustand halten, wenn er sich nicht bewegte. Dann aber kam ein Zeitraum oder nur ein Moment oder auch eine Ewigkeit, schwarz und NICHTS – und mit einmal sah er sich neben dem Bett schweben. Horizontal, als läge er in der Luft, doch gleichzeitig sah er sich (oder war es nur sein Leib?) auch im Bett *liegen*. Als wäre er obendrein ein Dritter, also ein noch anderer, der sich sowohl so, als auch anders selbst sah.

Und kein Schmerz.

Für einen Moment wurde ihm klar: du bist tot.

Er kannte Aussagen über das Sterben, die diesen Augenblick so beschrieben. Du siehst deinen Leib liegen und bist über oder neben ihm, gehst weg von ihm, diese wunderbare Schmerzlosigkeit fiel ihm auf, und er schien sich zu erinnern: wer stirbt, *merkt* ja nicht, daß er stirbt. Er nimmt es wahr, erschrickt nicht, handelt weiter, als wäre alles weiterhin so wie zuvor.

Er brach den Gedanken ab, und jenes Ich, das da neben dem Bett schwebte, wurde von einem Licht hinweggezogen. Rechts nach oben – tot oder nicht tot – der Gedanke hatte keine Wichtigkeit mehr. Er hatte diesen Zustand schon einmal im Krieg erlebt, doch ohne zu wissen, was ihm geschah; als die Granate ihm den Bauch aufriß, hatte es ihn in ein Licht hineingezogen. Nur hatte er später nie wieder daran gedacht; vielleicht war dies zu früh geschehen, er war zu jung gewesen, es zu begreifen.

Das Licht weitete sich wie ein endloses Feld und dort ging er wieder über die Märkte, merkwürdigerweise war Elia neben ihm. Aber dies war nicht verwunderlich, alles war hier so, wie es zuvor gewesen war. ›Wenn einer stirbt, dann geht er seinen Tätigkeiten weiterhin nach, die er zuvor ausübte‹ – war es das? Ist die Welt jenseits des Lebens die gleiche wie diesseits?

Jedenfalls ging er mit Elia über Märkte und

kaufte Glasperlen und ein Taschenmesser. Auch ein Tuch.

»Pink mit Gelbocker, Blaugrün und Rosa…«

Ein paar arabische Armreifen.

Die Farben waren als Farben zu erkennen: Pink war Pink und Blaurosa Blaurosa wie sonst auch. Die Welt war hier also die gleiche wie jene, die er kannte, nur war alles ganz leicht und einfach.

Ein merkwürdiger, aber unbeschreiblich schöner Zustand.

Er hörte Elia sagen:

»Es gibt nirgendwo einen Fischmarkt, ist dir das noch nicht aufgefallen, Karl?«

»Es gibt doch auch keine Fische mehr«, meinte er selbst gesagt zu haben. In weiter Ferne hörte er sich das sagen.

»…sie haben die Meere leergefischt und alle Fische aufgefressen…«

»Wir sollten nach Tunesien fahren, Karl. Die ganze Küste ist ein einziger Sandstrand…«

Also kamen sie an einen Hafen – Entfernungen waren hier kein Problem: das Ziel denken und du bist dort.

Als er das merkte, war es ihm klar: es ist nicht mehr diese andere Welt der Schmerzen, in der du dich befindest, es ist anders, und er versuchte, diesen Zustand zu begreifen. Und zu benennen. Und er begriff ihn als die Situation, die zwischen den Sternen ist. Oder den Ort zwischen zwei Gedanken... Hier konnte er solche Gedanken verstehen.

Auch als sie auf ein Schiff gingen und über das Meer fuhren – sie wollten mit dem Schiff reisen, sie hätten sich auch an das Ziel hindenken können, doch sie wollten mit dem Schiff über das Meer. Hier oder dort sein – das machte keinen Unterschied. Sie stiegen aus, gingen am Meer entlang, ewiger Sandstrand: »Da ist es doch, Karl. *Diesen* Sandstrand meinte ich...«

Ihre Stimme war ganz nah.

Karl hörte sich sagen: »Wenn einer stirbt, geht er neben den anderen her und redet mit ihnen, aber sie hören ihn nicht. Und die Zeit ist kein Zuvor und Danach, alles ist wie ein Raum, kannst du mich hören, wenn ich mit dir rede?«

Sie antwortete nicht darauf.

Sie sah schön aus in ihren weißen Kleidern und dem bunten Tuch, den rostroten Haaren vor dem Wüstensand; der Wind blähte die Kleider, sie trug keine Schuhe. Sie badeten nackt im Meer, schwammen endlos lange im warmen Wasser. Was für ein klares Wasser!

Ab jetzt gab es für ihn die Frage nicht mehr: tot oder nicht tot.

Sie gingen eine Düne hinauf, die dann immer steiler wurde.

Bald ein steiniger Berg und der Pfad schmal.

Es war nicht so, daß er *nichts* dachte. Er dachte weiter nicht viel anders, als schon immer, und ihm fiel ein: ›Warum habe ich diesen Zustand nicht schon früher erreicht? *Wie gut hätte ich doch damit leben können.*‹

»Ich esse am liebsten Austern, Lachs und auch schon einmal Seezunge...« Das klang wieder von weit her. Elia.

Der Weg wurde noch steiler und steiniger, war ihm aber nicht mühsam. Hier war nichts mühselig.

Sie durchschritten eine dünne Wolkendecke, rechts und links Felsbrocken, und dann überholten sie einen, dann zwei und noch mehr ausgemergelte Soldaten, die diesen Weg hinaufgingen und sie nicht beachteten. Als gehörten sie zueinander.

Karl erkannte in ihnen die Kameraden, die Soldaten aus dem letzten Krieg, jenem Krieg, in dem er war. Sie trugen diese alten, stockharten Uniformmäntel, die nach Spind und Kommißbrot stanken und für jeden immer viel zu groß waren. Sie trotteten einen Tritt vor dem anderen in diesen klobigen Stiefeln, beladen mit dem unsinnigen Ballast, mit dem man die Soldaten durch den Dreck jagt, um sie zu quälen. Es war so sinnlos wie alles, was sie zuvor schon taten. Lastwagen hin- und herfahren. Beladen und entladen. Waffen wurden abgefeuert – doch all dies geschah hier ohne Geräusch. Eine unendliche Stille lag über allem, was da geschah.

Karl und Elia gingen neben ihnen her, den Berg hinauf, bis sie zu einem Hochplateau kamen. Ein paar Ginsterbüsche und Krüppelkiefern, ansonsten Steine, Steine und Sand.

In der Ferne weiter oben lag ein Camp.

Elia hielt mit dem verführerischen Lächeln, mit dem sie sich sonst von fremden Tellern das Beste wegholte, einen vorbeifahrenden Laster an: »Können wir mitfahren?«

»Steigt hinten auf!«

Da saßen die Soldaten und stierten vor sich hin und grinsten – nichts wird sich für sie ändern, alles wird ewig so andauern wie jener Krieg.

Auch kein Aufleuchten, als Elia sich neben sie setzte; denn wenigstens *das* hätte man erwarten dürfen, wenn eine Schönheit auftaucht. So sinnlos war ihnen alles geworden; sie waren hier toter als zuvor.

Wenn die Räder über ein Loch polterten, wurden sie an die Soldaten gedrückt, und Karl roch diesen Geruch der alten Mäntel: Gewehröl und Kommißbrot. Als der Krieg zu Ende gewesen war, kotzte das Vaterland die Armee aus den Güterwagen, woher auch immer sie kamen, vor die Bahnhöfe, Soldaten für ewig. Sie trieben sich damals in den Wartesälen herum, und manche fanden nie wieder zurück ins Leben und redeten bis zum Grab von ihren spärlichen Siegen. Verschwiegen aber das Morden, die Dörfer, die sie niedergemetzelt hatten auf Befehl eines idiotischen Feldwebels oder Ritterkreuzträgers.

Befehl ausgeführt – das war es gewesen.

Sie erreichten das Camp.

»Oh, Karl, kauf doch so einen Rover. Wir könnten durch die Wüste fahren, ich kenn die Wüste, sie ist wahnsinnig irre!«

Da standen in endlosen Reihen ausgerichtete Laster und Landrover, einer neben dem anderen.

Einer – ein Magazinverwalter im Rang eines Gefreiten – kam ihnen entgegen und führte sie zwischen zwei Reihen nach hinten; er hatte gehört, was Elia gesagt hatte: einen Rover kaufen.

Dabei kamen sie an einer Art Gewächshaus vorbei. Unten gemauert, oben ein Eisengestell mit zum Teil zerbrochenen Scheiben. Höhe etwa einen Meter fünfzig.

»Kaaaarl – was ist denn daaaas?«

Da lagen auf dem Boden dieses Treibhauses abgenagte Knochen, spitzige Glasscherben, ein paar Brotreste und ein Wassernapf. Als sie hineinblickten, erkannten sie zwei dürftig mit Uniformresten bekleidete oder eher nackte Gestalten; die Beine waren vom Knie ab weg, das Fleisch an den Beinen nur noch in Resten vorhanden, die Hände abgehackt, und als sie näher gingen, sahen sie: die Augen waren ausgestochen, einer trug ein blutiges Ritterkreuz um den Hals, und sie standen mit den Kniestummeln auf den Glasscherben.

Karl konnte das nicht ertragen.

Elia dann auch nicht.

»Mein Gott, Karl.«

Der Kapo neben ihnen verzog das Gesicht zu einem Grinsen: »Das ist unser Dieter, unser ganzer Stolz. Was für ein verfluchter Kerl, solche gibt es heute gar nicht mehr. Mit dem kannst du machen, was du willst, er gibt keinen Laut von sich.«

Er stieß ihn mit dem Stiefel um, und der fiel mit dem Rest seines Gesichts auf die Glasscherben.

»Den haben sie uns raufgegeben aus dem letzten Krieg. Was für ein Mann, schauen Sie nur, Frolleinchen, Ritterkreuz mit Schwertern. Hat drei Dörfer in Jugoslawien kaltgemacht, Genickschuß, bumm, aus. Dann haben ihn die Partisanen geschnappt und ihm alles weggeschnitten, was einer so hat. In den Wald geworfen, und der Hund war immer noch nicht tot. Ja, ja, solche Kerle gibt es heute kaum noch, der hält alles aus, und nichts bringt ihn um. Keinen Muckser bekommst du zu hören – *das ist ein Mann.* Ja.«

Er gab ihm noch einen Tritt.

»Krepiert auch nicht. Und der andere ist Walter. EK zweiter Klasse, jammert manchmal. Deswegen auch nur EK zwo.«

Elia preßte ihren Kopf in Karls Jacke und schien zu weinen.

Was bei ihr nie sicher war, es konnte auch Schauspielerei pur sein: »Komm weg, Karl, ich will hier nicht mehr bleiben.«

Sie kauften keinen Rover.

Man brachte auf zwei Bahren noch andere Torsos von Verwundeten.

»Die geben uns die Verwundeten aus den Kriegen herauf…«, sagte der Kapo. »Die merken nichts mehr…«

Man warf sie ins Treibhaus auf die anderen.

»Man muß sie meistens noch eingewöhnen, zuerst jammern sie noch.«

Sie gingen den Weg zurück, den Berg hinunter, unten lachte Elia aber wieder und sagte: »Ich geh nach Rom, Karl, eine Freundin von mir wohnt da bei einem Typen, da kann ich bleiben. Kostet mich keinen Pfennig, mach's gut.«

Sie stieg in einen Zug, und Karl sah ihn sich entfernen, er wurde kleiner, dann wurde es still, und dann wachte er auf.

Und lag in diesem Bett.

Elia lag im anderen, starrte an die Decke und rauchte.

Karl versuchte sich zurechtzufinden und zu begreifen, was da gewesen war. Zum Glück sprach sie ihn nicht an.

Da war diese grenzenlose Weite und da war dieses Gefühl, das er zu halten versuchte. ›Der Zustand zwischen den Sternen.‹

»Ich brauche einen Cappuccino und ein Schinkenbrot«, sagte Elia, stand auf und ging viel zu laut aus der Tür. Sie hatten den Punkt erreicht, wo sie sich nicht mehr ertragen konnten. Aber Karl konnte dieses Gefühl noch halten. Ging dann bald hinaus, ging ans Meer, setzte sich in den

Sand. Hatte wieder diese Schmerzen, aber die gehörten nicht mehr zu ihm. Ist es der Zustand, in dem du dich befindest zwischen zwei Gedanken?

Elia kam und setzte sich irgendwo neben ihn, so daß sie für einen Moment die Abneigung gegen ihn vergaß.

»Wir hätten nach Tunesien fahren sollen, da ist der Sandstrand ohne Ende...«

Hatte sie das gesagt?

Er erkannte den Satz wieder. Dachte nicht darüber nach, wie das sein könne, denn alles war jetzt einfach. ›Du mußt sterben, bevor du leben kannst‹, dachte er das? Nein, er dachte nichts.

Sie gingen dann wortlos nebeneinander her, es wurde noch ein wenig gefrühstückt, sie fuhren in die Hauptstadt der Insel und unterwegs sagte Elia: »Ich fahre nach Rom. Ich habe da eine Freundin, die wohnt bei einem Typen, da kann ich bleiben. Kostet mich keinen Pfennig.«

Kein Erstaunen, für Karl wurde alles immer einfacher. Er brachte sie zum Bahnhof, sah den Zug in der Ferne verschwinden und versuchte, das Gefühl nicht mehr zu verlieren: wo bist du zwischen zwei Gedanken...